ドロップ!! ～香りの令嬢物語～ 2

登場人物紹介
ヴェルノー
フラントヘイム侯爵子息で、子供らしさとしたたかさを併せ持つコーデリアの友人。
ジル
コーデリアの友人。しばらく手紙のやり取りだけだったが、夜会で久しぶりの再会を果たす。
コーデリア
乙女ゲームの悪役令嬢『コーデリア・エナ・パメラディア』に転生してしまった本作の主人公。生まれ持った魔力と前世の記憶を生かした“香り”の知識を武器に、美しい令嬢を目指す。

エルヴィス
コーデリアの父であるパメラディア伯爵家当主。非常に厳格な性格。
ニルパマ
コーデリアの伯母にあたる女伯。流行の最先端を歩く社交界の華。
ヘーゼル
勝負事を好む伯爵令嬢。ヴェルノーに想いを寄せている。
ロニー
パメラディア家に仕える魔術師。有能だが、お調子ものなのが玉にキズ。
カルラ
突然パメラディア家に押しかけてきた少女。ロニーの助手を務める。

目次

本編　「ドロップ‼　～香りの令嬢物語～　2」　6
番外編　「風邪引きさんの休息」　268
エピローグ　「王子の望む力」　280

第十二幕　初陣《ういじん》のお誘い

コーデリアが父・エルヴィスから温室や研究室を与えられてから、早四年という月日が流れた。

当初は広々としていた温室には、様々な植物があふれていた。そして研究室も同様に多くの器具が綺麗に並べられてはいるものの、置き場を奪い合っていた。

コーデリア・エナ・パメラディア、十二歳の春。

清々《すがすが》しい天気のもと、彼女は大量の荷物と共に久々に屋敷に帰還した。もちろん一人ではなく、エルヴィスや荷物持ちの使用人も一緒だ。コーデリアは今の今まで、エルヴィスの南方視察に同行していた。

初めてのパメラディア領視察以降、コーデリアは度々《たびたび》エルヴィスの視察に同行していた。それは領内に留まらず、今回のように他の街の視察も含まれていた。視察先ではコーデリアが事前にエルヴィスから学んだ交易の基礎を実践《じっせん》する機会もあり、様々なものを扱《あつか》った。取り扱った商品の中では領内で採《と》れたキノコや果物の乾物《かんぶつ》の利益もなかなかのものだったが、それ以上に石や貝の彫刻品であるカメオ関連での利益が非常に大きかった。

コーデリアがカメオをこの世界で初めて見た時は、まだこの世界では一般的なアクセサリーとして認知されておらず、海向こうの伝統工芸品として港町の露店に少量並んでいる程度であった。しかしそれらはとても綺麗であり、コーデリアはそのまま領地へ運んでも十分売れるのではないかと思った。

カメオの柄《がら》はシンプルな花や鳥が多かったのだが、ふと前世の記憶から令嬢の横顔のものが多く存在していたことを思い出し、カメオを露店に並べていた商人に頼み、卸《おろし》の貿易商経由で職人に〝令嬢の横顔を彫ったものを作れないか〟と依頼をした。

コーデリアの依頼は了承され、その結果……とてつもなく売れた。入荷してもすぐに売り切れるというぐらい売れた。

もちろんカメオ自体が綺麗で珍しいものだということもあった。ブローチやネックレスなど、その形態も様々だ。しかし理由はそれだけではなく、コーデリアの依頼した令嬢の横顔という図案にも要因があった。なんと、その図案は〝自分の顔に近い物を欲しがる〟という流行を貴婦人の間に生み出したのだ。特に誰かをモデルとして彫刻しているわけではない中で、そんな流行が生まれ、購買意欲を誘うなど、コーデリアも想像してはいなかった。そしてエルディガで流行した勢いは王都にも辿《たど》りつき、今では王都でもカメオはアクセサリーとして認識され、求められている。カメオは彫刻の手間や素材の色合いで価格に差が出るため、ある程度の物であれば庶民《しょみん》でもぜいたく品として購入することができる反面、金銭が許すまでこだわれば貴族も自慢できる仕上がりになっている。それが広い購買層に支持され、流行になったということもあるのだろう。

ただし、流行すれば追随《ついずい》する商人も出現する。しかしもとより手彫りの品であるから大量に入荷することは難しく、更にはコーデリアが技量に長《た》けた職人と先に契約していたこともあり、パメラディア家を経由するものが一番価値が高いと認識されるようになった。そして流行が落ち着き始めても、カメオという新しいアクセサリーは無事に定着することになった。

また、カメオを元々売っていた商人にも流行後に礼を言われた。商人は従来から花や鳥のカメオを扱っていたが、認知度が上がったおかげで以前よりずっと売れるようになったとのことだった。

他には仕入れるばかりではなく、パメラディア領の特産である木材を使用した宝石箱の輸出も試みた。底が深く、やや赤みがある上品な宝石箱は海向こうでもてはやされたらしく、貿易商とは良い関係が築けている。時には輸出した宝石箱にカメオで装飾を施《ほどこ》してもらい、再度輸入するということも行った。

そうして積み重ねて得た財を、コーデリアはカイナ村の学び舎《や》建設の融資返済に充《あ》てることにした。その金額は、四年前にエルヴィスから受けた融資を完済できる額に達していた。

「……随分早い返済だな」

返済について申し出た時、エルヴィスはまずコーデリアにそう告げた。いつも通り平坦な声色で言うエルヴィスに、コーデリアは深々と礼を取った。

「お父様にご指導を賜《たまわ》りましたおかげです。私一人では、いつお返しできたかわかりません」

「確かに私が指導はしたが、お前が理解できていなければ損失を計上した可能性もある」

淡々と言うエルヴィスだが、これが彼にとっての褒め言葉だとコーデリアは理解した。言外に「よくやったな」という声が聞こえる。そう思えば自然と口元が緩《ゆる》んだ。

「これからも少額ながら、継続的な支援ができるよう努めたいと思います。カイナ村ばかり……となることはわかっていますが、せめて初めて関わったところはこれからも見守っていきたいと思います」

「お前という個人の支援について口を挟むつもりはない。平等に与えてゆく支援は公《おおやけ》の……私の仕事だ」

エルヴィスはそう言うとコーデリアからの返済金を受け取った。

コーデリアはほっとした。


現在、そのカイナ村の学び舎では、絵が得意な生徒が木炭《もくたん》で描いた『アイシャ先生』と並んで『領主様』、そして『コーデリア様』が飾られている。さらにその隣にはパン職人の絵があり『カイナ村の小麦を王都一美味《おい》しいパンにする職人』と、長い説明が書かれていた。

この四人の絵の中で、コーデリアは一人だけ自身の実力で称《たた》えられているわけではないと感じていた。もちろん称えられたくないというわけではないのだが、並ぶと少し後ろめたい気もしていた。だから、これでやっと共に並べられても恥ずかしくないと思えた。そしてそれとは別に、また少しエルヴィスに認められたような気がしたことも嬉しかった。

学び舎の運営が順調であることも、コーデリアの耳に届いている。

領地に行くことが少ないので、行くたびにカイナ村に顔を出しても未《いま》だに学び舎を訪れた回数は片手で足りる程しかない。だが定期的に送られてくる報告書の他、パメラディア領代行領主であるジーク・ガルガッタ士《し》爵《しゃく》の娘、アイシャから先生役を引き継いだ二代目の先生からの手紙、それと生徒たちからの手紙で何となく伝わってくる。

それに……教育の必要性を認めざるを得ない事実が、学び舎が開校されたことにより村人の知るところとなったのだ。


その話は、学び舎が開校して三か月ほど経《た》った頃、何の前触れもなしにパメラディア家にやってきたアイシャによってもたらされた。

コーデリアは最初にアイシャの姿を見た時、彼女のパメラディア家への訪問は婚約者であるウォーレンのもとへ行くついでなのだろうと思っていた。だから訪問に驚きはしたものの、久々の再会を喜びゆっくり紅茶と共に会話を楽しもうと思っていたのだが……アイシャが語った話の内容のおかげで全くゆったりとした気分になどなれなかった。むしろアイシャが来たことに対する驚きなど可愛いものだったというくらいだ。

それは、学び舎に村長が視察に訪れた日のことだったらしい。

字が少し読める村長が、子供たちに小麦の契約書を見せて尋《たず》ねたという。

「本当に学んでいるなら、これを読んでみなさい」

村長にしてみれば突然始まった子供たちへの教育に意味があるのか、本当に子供たちが授業を吸収しているのか、いろいろ試してみたかったという思いもあったのだろう。

契約書は堅い言葉で書かれており、子供たちはすべて理解することはできなかった。しかしわかる部分だけをつなげて読んでも「この契約書は何かおかしい」とほとんどの子供が首を傾《かし》げた。

子供たちが引っ掛かるのは皆同じ部分だった。

『甲は乙に対し、乙が一定量を超える小麦を購入した場合、超過部分については予定取引額の三〇%の価格で小麦を提供することとする』

甲や乙が誰を示しているのか、子供たちにはよくわからなかった。

ただ純粋に「アイシャ先生が作る問題には基準になる数字が出てくるのに、この文章にはそれがない」と違和感を持ったのだ。中には特に賢い子供もおり、小麦の量によって価格が大きく変化するように仕向けられているのではないか？　と、疑問を呈《てい》した。

そんな中で子供たちが出した答えはシンプルだった。

「正解はアイシャ先生に聞いたらわかるよね」

子供たちの提案に対し、村長は初めは渋《しぶ》った。

アイシャはカイナ村に住む者ではない。村長もアイシャの人柄は知っているが、それでも村の情報を外部に出すことに抵抗感を抱いたのだ。だが、子供たちになぜダメなのかと詰め寄られ、結局アイシャに契約書を見せることになった。

そして発覚したのが、小麦が不当に安く買い叩《たた》かれている事実だった。

アイシャは契約書を読むなり、契約がいかに不平等であるかということを村長に訴えた。少量の小麦は適正価格での取り引きが約束されているものの、それ以外は他の領地の小麦より安い価格で売らなければならないことになっている、と。とんでもない値段で買い叩かれている事実に誰も気付けなかったのは、売っていた総量がかなりの量であったからということが一番の要因だろう、そしてこの契約主も気付かれないだろうことを理解して行っているだろう、とアイシャは伝えた。

自らが村に大きな損失を出してしまっていた事実を知った村長は、しばらくの間動揺で言葉が出なかったという。だが、やがて思考が動き出すと同時に、認めざるを得なくなった。

教育は確かに必要なことだ、と。

そして村長の言葉に村の大人たちも同意した。


報告の途中ですっかり冷めてしまった紅茶を飲みながら、コーデリアは呟《つぶや》いた。

「さすがはアイシャ様の教え子たちですね。たった三か月で、村長がわからなかった事実を見破るなんて」

「いえ、本当に偶然なんです。村長が子供たちを試そうと思わなければ、私のところまで契約書が回ってくることはありませんでした」

「けれど、その数少ないチャンスを子供たちは逃《のが》さなかったのですよ。アイシャ様のご指導の賜物《たまもの》です」

アイシャの〝子供たちに勉強を教えたい〟という情熱が村を救った。想いが力になる、それを体現した人だ。そう思うと尊敬の念は募《つの》るばかりだ。

「……それを言うなら、さすがはコーデリア様、でしょう？」

「え？」

「だって、コーデリア様のご協力がなければ、私は勉強を教えたいという夢をただ見るだけでしたもの。そう考えれば、私は本当に村を救ってくださったのはコーデリア様だと思っています」

アイシャの言葉をコーデリアは否定しようとした。仮にそれを認めるなら、それはエルヴィスの功績になると思った。

だが、アイシャの目を見てそれはやめた。アイシャはお世辞で言っているわけではない。コーデリアが思っているのと同じように、アイシャも本当にそう思っているのだ。

「でしたら……乾杯致しませんか？」

「紅茶で乾杯も素敵なことですよね」

行儀が良くないことだとは理解していたけれど、こっそりとお互いをたたえ合うにはぴったりなような気分になった。

しかし、そのような一件を経て教育が村に受け入れられても、全てが片付いたわけではない。そもそも現時点で設立できた学び舎は、カイナ村を含めて数か所だけだ。現在設立された学び舎はパメラディア家が支援しているが、今後他の地域にも学び舎が必要だと考えるのなら、領地の税収から維持できるよう整備していくことが必要になる。

（いずれ本当に公立としての学校になったとしても、支援を続けることは自由だもの。もっとも、バランスを見極める必要はあると思うけど）

例えば、将来香油の販売が軌道に乗れば、今の交易で得ている金額よりも更に大きな額がコーデリアの許《もと》に転がり込んでくるかもしれない。そうなれば簡単な文具を送ることもできるだろう。とらぬ狸《たぬき》の皮算用《かわざんよう》と言われそうだが、目標が増えればやる気も増すというものだ。

（なら、私もしっかりと研究を続けていかないとね）

そう思いながら、コーデリアは一旦自室に帰り、研究着に着替えた。

そして世話役の侍女であるエミーナを伴《ともな》い温室をまわり、それから久々の研究室に足を踏み入れた。

研究室には、休憩時間でもないのに優雅に茶を啜《すす》る解析魔術師・ロニーの姿があった。

「あ、お帰りなさいませお嬢様」

「ただいま、ロニー」

「今度はどちらに行ってらしたんですっけ？」

「南よ。エミーナ、その袋をロニーに」

「はい、お嬢様」

「お土産《みやげ》ですか？　お菓子か何かですか？　って、やけにどっしりしてますね」

エミーナが持っていた袋を受け取ったロニーはそのまま袋を開け、そしてあからさまに落胆《らくたん》した表情を浮かべた。

「……このゴロゴロしたの、何ですか。食べ物じゃないですよね？」

「半分当たりで半分はずれよ。それは『ショウガ』というの。紙袋の中に小分けの袋が二つあるでしょう？　中の麻の袋の方は観賞用のクルクマという種類で、紙袋のほうは食用のものよ」

しかし食べ物だと聞いてもロニーの表情は明るくならなかった。むしろ今にもため息をつきかねない勢いだった。

「お嬢様って根っこの食べ物好きですよね。前も……確かゴボウっていいましたっけ。貧相な長い根っこ」

「ゴボウは食物繊維が豊富で体にいいのよ。この国では主流ではないけど、海の向こうでは一般的だし。それにショウガは肉料理との相性もいいわ」

「肉と相性が？　それは良いですね……じゃなくて。ショウガは置いておくとして、その主流じゃないものに手を出すお嬢様の趣味はよくわかりません。トウフでしたっけ、あの味のない豆のプリンもどこがいいんだか。大豆《だいず》を手に入れたお嬢様が嬉々《きき》として指示してできたものだから、味もだいぶ期待してたのに」

全く何を考えているのかわからない、と実に楽しそうに言うロニーにコーデリアも遠慮なく言い返した。

「そもそも、カブやニンジンも根だけど、ロニーも食べるでしょう？　貴方《あなた》がひどくつまらないものであるかのように言っている豆腐だって、健康にいいのよ」

「つまらないんじゃなくて、味がないんです」

「それはロニーがそのまま食べるからよ。パッチョソースでもかければ味も変わるというのに」

個人的には、何もかけない豆腐も悪くないとは思っている。もちろん岩塩《がんえん》で味付けしたり、今回入手することができたショウガを載《の》せる食べ方だって大好きだ。けれどそれは食べ慣れた記憶があるからであって、ロニーも同じようにとはいかないだろう。

（……まあ、仮にそのまま売り出せば、ロニーと同じように何もかけないまま豆腐を食べて『味がない』っていう人が他にも出るかもしれないわね）

だったらまずは豆腐を使った菓子を考えてみたらどうだろう。ドーナッツのように揚げ菓子に混ぜてしまえば、豆腐単体で食べることは絶対にない。だとすれば、ロニーの言う『味無しプリン』の汚名を被《こうむ》ることもなくなるだろう。もっとも、今のところ豆腐屋を開店させる余裕があるかといえば、個人の楽しみの領域を出ないのだが。

「豆腐のことはひとまず置いておくとして……ロニー、お使いを頼まれてくれないかしら？　アイシャお姉様へのお土産も買ってきたの」

「俺がですか？」

「ええ。頼めるかしら？」

アイシャは今年無事に住まいを王都に移して婚姻《こんいん》を果たし、子爵《ししゃく》夫人となっていた。

コーデリアの施した花粉症対策は功を奏したようで、彼女は涙と鼻水にまみれることは今のところないと冗談まじりに言っている。なかなかタイミングが合わず頻繁《ひんぱん》に会うということは難しいが、こうしてロニーに使いを頼んで手紙のやり取りを度々行っていた。

「はい、お使いなら喜んで。寄り道してもいいですよね？」

「寄り道のほうがお使いより時間がかかる……ということだけはないようにね」

ロニーが言うことは大概冗談ではないことをコーデリアはよく把握《はあく》しているので釘《くぎ》をさすのだが、ロニーは飄々《ひょうひょう》としている。お使いを楽しんでくれるのは心強いが、あまりお遊びが過ぎるのも良くない。

なので、コーデリアは切り札をロニーにつきつけることにした。

「ロニー。私はこの度の南方視察で、貴方の実家であるエリス商会を訪ね、従業員の方々にお会いする機会に恵まれました」

「ぐっふっ⁉」

「もっとも、会長様……ロニーのお父様や、お母様、お兄様方にはお会いできませんでしたが。ロニーのことをよろしく頼まれましたので、ね？」

そう言うと、ロニーは目を泳がせていた。さすがに実家の名前を出されるとは思っていなかったらしい。コーデリアがエリス商会と接触したのはロニーに関係なく単に交易ルートの相談をしたからであったのだが、予想外の効果もついてきて妙に得をした気分になった。

「先程温室を見てきたわ。たくさん花が咲いていたから、また新しい精油を採取して試してみたいの。エミーナ、一番に試用をお願いできるかしら？」

「もちろんです、お嬢様」

「あ、お嬢様。とりあえず使用人のアロママッサージの順番待ちリストを作っておきました。被験者が多すぎるのも大変でしょうから、ある程度魔力の状態を見て順番決めときました」

きちんと仕事もしていると言わんばかりに、ロニーはぺらっと一枚の用紙をコーデリアに渡した。

実験を開始したばかりの四年前と違い、今では使用人たちは無報酬でもコーデリアの実験に参加を希望している……というより、既にテスター募集はお祭りのような一大イベントと化していた。

初めは誰も挙手してくれなかった実験が大人気になった事実に、コーデリアは少し苦笑する。

もちろん嬉しい。喜ばしいことだと思っている。だが同時にやはりある程度の〝安心感〟を得られなければそう簡単にことは進まないのだろうなと思い知らされる。

（使用人たちが口コミで人気を広めたように、貴族たちの間でもうまく流行させられればいいのだけれど）

果たして上手《うま》く信頼を勝ち取れるだろうか。考えることは楽しいが、やはり難しいことには頭を使う。

そうコーデリアが思った時、一人の女性の声がその場に響いた。

「随分、楽しそうにしてるわね」

「ニルパマ伯母《おば》様!?　お久しぶりでございます！」

「こんにちは、コーデリア」

開いているドアから姿を見せたのはニルパマ・ウェルトリア女伯《じょはく》だ。

この国では数少ない女性伯爵《はくしゃく》の一人であり、唯一代々女性のみが爵位を継承している領地の君主、そしてコーデリアの母の姉……つまりは伯母にあたる。いつも背筋を伸ばし、しっかりと前を向いている彼女は自信に溢《あふ》れている。凛《りん》としたニルパマは社交界では有名で、流行の最先端を歩いていると、コーデリアも次兄《じけい》のイシュマから聞いたことがある。ニルパマの顔のパーツは母によく似ているが、その表情の違いから全く姉妹には見えないとコーデリアは思っている。

ニルパマは二年ほど前から、王都に滞在している時にはよくパメラディア家にやって来る。しかしニルパマが彼女の妹と会うことは今までなかった。ニルパマが女伯としてパメラディア家を訪れる目的はもちろんエルヴィスと対談することだが、その用事があるのは訪問回数の半分くらいだろう。そして残りの半分は菓子を携《たずさ》えコーデリアの顔を見にやってきているようだった。

だが、今日の彼女は珍しく手ぶらのようである。

「ああ、今日はお茶の用意はいいわ。ちょっと急ぎの大事な用件があって来たんだけど、あまり時間はないのよ」

「大事なお話……？　それでは場所を変えますか？」

すぐに帰らなくてはならないのにやってくることなど、いままでニルパマにはなかった。もしも深刻な話であるのなら、エミーナやロニーにも外してもらった方が良いだろうか。

しかし、表情を変えたコーデリアにニルパマはあっさり言った。

「そこまで身構えなくても大丈夫よ。今日は貴女《あなた》に誘いを持ってきたの」

「お誘い、ですか？」

重要な誘い。コーデリアは固唾《かたず》を飲んだ。

（まさか、時折冗談まがいに言ってた養子に来ないかという話を……？）

ニルパマは人懐《ひとなつ》こい笑みでコーデリアに告げた。

「フラントヘイム家の夜会に招待されているんだけど、貴女も一緒においでなさい。ご子息《しそく》のことはよくご存じでしょう？」

「……はい？」

予想とは大幅に違う誘いに、コーデリアは一瞬固まった。

ああ、そうか。いくら重要な話だと前振りをされても、時間がない時に養子として本気で口説《くど》かれることなんてないはずだ……などと考えながら、それでもいまいちニルパマの意図が飲み込めなかった。

「フラントヘイム家の夜会、ですか？」

その言葉を口にすると同時に、コーデリアは首を傾げた。もちろん言葉の意味が理解できないわけではない。友人であるヴェルノーの家で夜会があるのだろう。ヴェルノーの誕生日に近い日程で、そのお祝いを兼ねて開かれるのが侯爵《こうしゃく》家の夜会だとヴェルノーから聞いたことがある。

だが、コーデリアはそれに行ったことはなかった。ヴェルノーへの贈り物は毎年贈っているが、夜会にまでは行かなかった……というより、毎年エルヴィスが非常に渋い顔をしながら「行ってくる」と言っていたので、それを見送っていただけであった。

なので、あえてコーデリアを誘いに来たニルパマの真意が掴《つか》めない。一体どういうことなのだろうか？

その様子にニルパマはくすりと笑った。

「可愛いコーデリアの顔見せをしようかと思うのよ。もちろん、フラントヘイム侯爵が貴女のことをご存じなのはよく知っているわ。それに貴女が引きこもっているわけではなく、エルヴィス様と共に地方を回っていることも知っている。だから普通の子供よりは大人たちに対して顔は広いだろうけど、子供たちやご婦人方の間ではそうではないでしょう？　せっかくだもの、この機会に私は貴女のことを見せつけたくて」

しかし、そんなニルパマの発言にコーデリアは余計に戸惑《とまど》う。だが、そんなコーデリアの戸惑いなどニルパマは全く気にしなかった。

「貴女にとっても悪い話ではないと思うの。貴女は視察に出て大人同士のやり取りは知っていると思うわ。でもそれとは別の、社交界での貴族の駆け引きを見て覚えることも大事だわ。大丈夫、ご子息のための夜会だからお子様も多いし、気楽にしていればいいわ」

「お父様は、なんと仰《おっしゃ》っているのでしょうか」

「エルヴィス様は今年は日程的に厳しいから、息子のどちらかを名代《みょうだい》にするつもりだと言っていたのだけど……私がコーデリアを連れていくと言ったら、ご自身も行くと仰っていたわ」

「……お父様、お仕事がお忙しいのに平気なのでしょうか」

「大丈夫大丈夫。あのエルヴィス様よ？　多少仕事が遅れたところで、誰も文句なんか言えやしないわ」

いや、そういうことじゃない。

オホホと笑う伯母は気にするなという意味で言っているのかもしれないが、そうではない。遅らせないために無茶をするだろうから心配なのだとコーデリアは思うのだが、いずれにしろ誘いは既《すで》に決定したものであるらしい。ならばコーデリアに否《いな》という理由はない。

（ただ……お父様と一緒ももちろん嬉しいけど、お兄様と一緒でも私は問題ないのだからご無理だけはなさらないでいただきたいわ）

そう思いながらコーデリアはニルパマを見上げ「かしこまりました」と返事をした。

その返事をニルパマは満面の笑みで受けた。花が咲き誇るほどの笑みだ。しかしその笑みは徐々にどす黒いオーラに包まれはじめる。

コーデリアは若干《じゃっかん》引いた。どうしたのだ、今日の伯母は。

しかし、そんなコーデリアが目に入っていない様子のニルパマは肩を震わせ笑い続ける。

「待っていなさい、ハールシ伯爵夫人。〝ウェルトリアの未来は冷徹女のせいで真っ暗〟なんて噂《うわさ》、可愛い天使を連れて行って消し去ってさしあげましょうふふふふふ」

どうやらニルパマにも色々事情はあるらしい。だが、コーデリアにはそれを尋ねる程の勇気はなかった。貴婦人としての美しさが消え去り、まるで魔王を彷彿《ほうふつ》とさせる今のニルパマに尋ねるなんてハイリスクだ。好奇心は猫を殺す……ではないが、わざわざ自ら危ない物に触れる理由なんてないはずだ。

（伯母様を冷徹なんて言って怒らせたハールシ伯爵夫人も相当な大物ね……。そもそも、伯母様が冷徹とは私には思えないけれど）

一体ニルパマは普段どんな振る舞いをしているのだろうとコーデリアは疑問に思いつつ、ニコニコと笑顔を維持した。尋ねることはしないけれど、伯母の怒りが静まるまでは下手《へた》に何かを口にはできない……などとコーデリアは思っていたが、ニルパマはさほど時間をかけずにころりと表情を変えた。

「ああ、そうだわ。コーデリアにもドレスが必要ね。いつも貴女が使っているという仕立て屋を呼んでおいたの。もうすぐ来るわ」

「え、あの……伯母様、お時間があまりないのでは……」

「ええ。仕立て屋が来るから時間がないの。お茶を飲んでいては貴女の可愛いドレスの相談ができないでしょう?」

「あ、ありがとうございます……」

コーデリアの返事に、にこりとニルパマは笑みを浮かべた。

「一週間で仕上げてもらいましょう。あなたは赤が似合いそうね」

そう言われ、コーデリアは思わず首を振った。

「伯母様、私は淡い色のドレスが欲しいです」

赤。

確かにそれは、自分に似合うドレスになるだろうとコーデリアにもわかっている。ゲームの中の

『コーデリア』が見事に着こなしていた色なのだから。

ただ……縁起が悪すぎる。

やや早口になったコーデリアの言葉に、ニルパマは目を丸くしていた。

「あら、そう？　赤の方が似合うと思うけれど……いいわ、じゃあ桃色のドレスに赤いコサージュを付けるのはどうかしら？　そうすれば華やぐわ」

「コサージュなら、今温室に咲いている生花《せいか》を使って当日作っていただきたいです。とてもきれいな薔薇《ばら》があるんです」

「あら、薔薇が？　素敵ね」

それは言うまでもなく、友人のジルからもらった薔薇『コーデリア』だ。

ジルとコーデリアはこの四年間一度も直接会っていないが、手紙のやり取りはヴェルノーを通じて今でも定期的に続いている。手紙はいつも丁寧な文字で、けれど稀《まれ》に急《せ》いたような文字で書かれている。内容は勉学についてのことや剣の稽古をしたこと、それからヴェルノーにからかわれたことやコーデリアが好みそうな本を見かけたということまで様々だ。

（はじめから気付いてはいたけど、とても真面目《まじめ》な子よね）

ヴェルノーと馬が合っているようだが、二人の性格は逆のような気がしている。もっとも、だからこそ仲が良いのかもしれないが。

（私も馬が合う同年代の友達、欲しいかもしれない）

ひょっとすれば今回の夜会で見つかる可能性もある。そうであれば嬉しいとコーデリアは思う。

少し話は逸《そ》れてしまったが、手紙を通じてコーデリアは薔薇の『コーデリア』を研究対象として使用する許可をジルから得ていた。ただしもちろん商売に使った場合にはマージンを払うということも約束している。ジルはその条件に対して「お金は要《い》らないよ」と大分渋っていたが、さすがにそれは受け入れられないとコーデリアは自身の意見を押し通した。ジルは「じゃあ『コーデリア』はディリィだけが使ったらいい」とマージンの代わりに専用使用許可をコーデリアに申し出た。さすがにそれは申し訳ないと今度は逆にコーデリアが渋ったが、コーデリアがそうしたようにジルもその意見を曲げなかった。

「特別な薔薇が必要なんでしょう？　役に立てるなら嬉しいよ」

そんなトドメの言葉が送られてくれば、断ることもできなかった。

そんなコーデリアの事情を知らないニルパマは「後で見せてね」とコーデリアに微笑《ほほえ》む。

「じゃあ次の問題はダンスかしら。大丈夫？　デビューっていうほどでもないけれど、子供も端で踊っているわ」

「安心してください、伯母様。その辺りはしっかり練習いたしております」

まだまだ披露するタイミングだとは思っていなかったが、将来のためにと今までずっとレッスンを受けてきた。たとえ三拍子が不得手《ふえて》でも『美人なのに踊りができない』ということにならないよう、幼いころより努力をしてきたのだ。大丈夫。できるはず。

「さすがエルヴィス様の娘、いえ、私の姪《めい》だわ。もう少し間が抜けていても可愛らしいのに……いえ、賢い子で本当に良かったわ。ウェルトリアの領主としても喜ばしいわ。――コーデリア、本当にいつでも私の娘になってくれてもかまわないんですからね？」

そんなニルパマの笑顔にコーデリアは曖昧《あいまい》に笑って応《こた》えた。魅力的な申し出だが、一人で決められることではないし、今のニルパマも本気で誘っているわけではないだろう。冗談というより、挨拶の一環のような気がする。

「もし本当に我が家の養子になるというなら、領主として必要な教養は私がしてあげるわ。だから心配しないで。でも、もしならないといっても〝とっておきの可愛いお嬢様〟になるヒントはいつでもあげられるから、頼ってくれていいのよ」

「ありがとうございます、伯母様」

「本当は私の妹がしなければいけないことだもの。それに、私だって可愛い姪の面倒を見られるなんて役得だと思っているわ。さすがのエルヴィス様も女の嗜《たしな》みには疎《うと》いでしょうから、コーデリアにもちょうどいいでしょう？」

目を細めて口の端を上げるニルパマに、コーデリアも笑みを返した。

「でもコーデリアほど可愛かったら王家からお誘いが来てもおかしくないでしょうからね。未来はわからないわ」

「いいえ、伯母様。それはきっと身内の欲目というものですわ」

「そうかしら？」

「ええ、きっとそうです。でも、だからこそより自分を磨《みが》き、素敵な女性になりたいと思っていますの。ご指導、よろしくお願い致します」

もちろん自身が可愛い姿であることは理解している。理解しているが、伯母の発言はあまりに不吉だ。そんな未来はきっと来ません――そう願いながら、コーデリアは両手でニルパマの両手を握った。

ニルパマは少し目を丸くしたが、すぐに口元を綻《ほころ》ばせた。

「じゃあ、まずは素敵なドレス選びから始めましょう。職人もやって来たみたいだし」

「はい」

「コーデリア。まずは初めての夜会を存分に楽しむのよ。それがレディへの第一歩よ」

ニルパマの言葉にコーデリアも大きく頷《うなず》いた。

まずは初めての夜会をスマートにこなすこと。これが新たな、そして当面の目標だ。

第十三幕　考える令嬢

初めて出会った人に与えた印象を後《のち》に覆《くつがえ》すことは、なかなか難しい。

良い印象を与えた場合、向けられる視線は好意的になり言動を比較的良く見られやすくなる。だが悪い印象を与えてしまった場合、その逆だ。疑念を持たれ、良い印象に転換させるのは非常に労を要する。そして良くも悪くもない〝普通〟だという印象を与えてしまうと興味を持たれるチャンスが減ってしまい、その印象を変え辛《づら》い。

「だから私も良い印象を残したいのだけど……さて、どうしましょうか」

自分がただの〝可愛いらしいご令嬢〟だと思われてしまえば、今後のマイナスともなりかねない。パメラディアの家名に負けてしまう。

コーデリアはため息をついた。

夜も更《ふ》け、魔法道具のランプが一つだけ灯《とも》されている静かな自室。考え事をするには最適の環境だが、残念なことに考えはなかなか纏《まと》まらない。

「フラントヘイム家の夜会、どうしましょう。お父様や伯母様がいてくださるから、立ち居振る舞いの不安はないわ。けれど、それゆえの不安もあるのよね」

パメラディア伯爵の娘。

ウェルトリア女伯の姪。

この二つの肩書でコーデリアが認識されるのは間違いない。その事実自体にはコーデリアも誇りを持っている。素敵な父親と伯母の縁者《えんじゃ》なのだということは喜ばしい。

「でも、だからこそ私の印象が薄くなる可能性が否《いな》めないのよね」

もちろん今回の主役は自分でない。だからあくまで目的は目立つことではなく、対話するであろう相手の印象に残ることだ。

(今の私が初対面の相手にどう映るか。それを知れるのは貴重だわ)

いずれ十六歳で成人を迎えれば、自らが主役であるお披露目《ひろめ》のパーティがある。

もちろんその時は精一杯目立つつもりだ。香油や精油を売り込むためにも最大限のアピールをしたいと考えている。

(でも、そもそも今から面白い子だと気にかけてもらえれば、十六歳の時より多くの興味を引くことができるかもしれない)

そう考えると、今回の夜会も気合いを入れなければならないのだ。

(同年代の知り合いを作ることも大切だわ。相手が繋《つな》がりを持ちたいと思う令嬢として振る舞わなければならないし……)

同年代の友人がヴェルノーしかいないのは、コーデリアも認めざるを得ない事実だ。もちろん純粋に友人が欲しいという思いもあるが、繋がりがなければ他の令嬢たちの趣味や嗜好《しこう》を掴みきることもできないのだ。

もっとも、パメラディアの娘といえばそれだけで知人も増えそうだが、あまりにも普通すぎると思われては逆に見下されることもあるかもしれない。やはり個人として識別できる何かが欲しい。

「やっぱり、今の私の一番の武器は〝香り〟になるわね」

コーデリアはふっと息を吐き、天井を見上げた。

他の誰とも間違われないだろうもの。

それは、間違いなく多様な香りだろう。

ただ、今回それを使うかとなれば迷いもある。一番目立つ十六歳まで眠らせておき、そこで一気に広めるという方法もある。一方で、今の段階で軽く披露しておき、十六歳のお披露目までの間に噂を広めておくという手段もある。ただ、この場合は十六歳までの四年間で忘れ去られないかという懸念《けねん》もある。

だが、今までの香りとは違う香りものに触れ、それを好いてもらったならその心配はないだろう。

「むしろ四年の間に、私へのコンタクトを求める声も出るかもしれないわね」

ならば、不安もあるが香りを纏って夜会で勝負を挑《いど》むことにしよう。

しかし、そう決めても生まれるのは次の問題だ。身に纏う香りは何にするかという難問が次に待ち構えている。もちろん既に完成している香油や香水でも悪くはない。しっかり試用も終えているため不安もない。

だが一方で、コーデリアにはどうしても身に纏いたい香りがあった。

薔薇だ。

コーデリアとしては〝自分の香り〟として薔薇の香りを印象付けたい。自分が一番好きな香りなのだ。しかしそれを求めるとなれば大きな問題がある。『コーデリア』の薔薇は何度も実験できるほど入手することが難しいのだ。庭や屋敷近くに借りた土地にも譲り受けた苗《なえ》は多く植えているし、ジルも非常に協力的なのだが、それでもまだ新しい薔薇というだけあって満足いくほど手に入れることはかなわない。ジルは代わりに他の薔薇も手配してくれてはいるが、コーデリアもできれば『コーデリア』を使って香りを作りたいと思っている。

（……今はちょうど花が咲いている季節。今まで集めてきたドライフラワーと合わせれば、一度くらい水蒸気蒸留法《オットー》で作ること自体は可能だわ。テストに回しても、夜会の分はちゃんと残るはず）

だが、懸念もある。

薔薇に関しては、水蒸気蒸留法より溶剤抽出法《アブソリュート》のほうが香り高い精油を作ることができると思うが、残念なことにコーデリアは今まで溶剤抽出法の実験を行ったことがない。対象となる花がまだ薔薇しか入手できておらず、しかもその数がそろっていないので実験にも入れていなかったのだ。

「もちろんニホンで暮らしていた時と薔薇の種類自体が違うもの。溶剤抽出法と水蒸気蒸留法、どちらが『コーデリア』に合うのかはわからないわ」

しかしそれでもより良い香りを得られる可能性がある。もしもそちらの方が良い香りがするというなら、水蒸気蒸留法で作ったもので人前に印象を残していいのだろうかと疑問も浮かぶ。

コーデリアは唸《うな》った。ジルの協力を得て作っているものだ。中途半端なことはしたくはない。けれど……身に纏いたいのは薔薇の香りだ。

「……今回は初披露。十六歳までにより良い香りに改良できれば、むしろいい方向に進むかもしれないわね」

今後の研究対象として、溶剤抽出法に最適な有機溶剤はきちんと探し続ける。けれど、今は今の自分の中で一番の成果を披露したい。そう思ったコーデリアはもう迷わなかった。

よし、考えるのはお終《しま》いだ。

早速明日、水蒸気蒸留法で精油作りに取り掛かることにしよう。

そうして自らの香りを決めたコーデリアだが、それでもまだ課題が残っていた。

それは……可能であれば伯母にも何らかの香りを纏ってほしいということだ。その候補としてコーデリアが考えているのは、オレンジの香水だ。皮を遠心分離機で圧搾《あっさく》したオレンジの精油はすっきりとした香りがする。伯母の印象にもよく似合うだろう。オレンジの精油は紫外線に注意が必要だが、夜会の時なら大丈夫だろう。そもそも伯母は無防備に肌に刺激を与えるタイプではない。たとえ昼間であっても日傘に手袋で肌をがっちりガードしている。リラックス効果もある精油なので、相手に与える印象も悪くないはずだ。

「あとは伯母様から良い返事をいただけたらいいのだけれど」

伯母は流行に詳しい。新しいものに対する抵抗感も少ないはずだ。だから新しい精油についても、香りさえ気に入ってもらえれば付けてくれるとコーデリアは思っている。もし計画通りになれば、きっと伯母は素敵な〝歩く広告〟になってくれるだろう。

しかしこればかりはコーデリアが解決できる話ではなく、ニルパマに伺《うかが》いを立てることでしか答えは出ない。

「明日、手紙でご相談してみましょう」

香りについてはようやく決まりね、と、コーデリアは軽く背を伸ばした。

これでやっと最後の問題に取り掛かることができる。

そう――ヴェルノーへの誕生日プレゼントだ。

「どうせなら、派手な方が素敵よね」

ヴェルノーに、そして会場の皆に喜んでもらえるもの――これは、ある程度目途《めど》が立っていた。

コーデリアは立ち上がるとベッドサイドの引き出しから宝石のような種をいくつか取り出し、そしてくすりと笑った。

「覚悟してくださいね、ヴェルノー様。驚かせてさしあげますから」

第十四幕　フラントヘイム家の夜会

コーデリアはニルパマの見立てたドレスに袖《そで》を通し、エミーナに髪を整えてもらい、そして薔薇の香りを自身に纏わせた。

「緊張なさっていますね、お嬢様」

「……そう見える？」

「ええ。お顔がこわばっておられますよ」

部屋から出る直前にエミーナからそう言われ、コーデリアは鏡に映る自らの顔を注視した。確かに緊張しているかもしれない。そう自覚したコーデリアは深く息を吸った。すると柔らかな薔薇の香りを感じた。

（……大丈夫。しっかりやれるわ）

そう自身で再確認すると、コーデリアは広間で待つ伯母のもとに向かった。

「用意は順調そうね、コーデリア」

「はい、ニルパマ伯母様の素敵なドレスのおかげです」

「ふふ、嬉しいことを言ってくれるじゃない。でも素材がいいからドレスが映《は》えるのよ？」

既に支度を終えたニルパマは上機嫌でコーデリアを迎えた。ニルパマは深緑のドレスを身にまとっていた。それは比較的落ち着いたデザインであるものの、ニルパマが着ると色気が加算されていた。着こなしが上手いのだろう。

そしてコーデリアの肩に手をやった。

「うふふ……この天使を見せつけてやるわ……」

それは先日言っていた某伯爵夫人への言葉なのだろう。まるで呪《のろ》いでも唱《とな》えるような声色でニルパマは呟いた。もちろんコーデリアはそれを見ていないふりをした。それに、ニルパマのその様子も一瞬だけだった。

「いい香りね。まるで庭園にいるようだわ」

「ありがとうございます。伯母様も香水を使ってくださったのですね」

「もちろん。だって可愛い姪からの贈り物だもの。こんなものを作っているとは私も思っていなかったわ」

ニルパマはふんわりとオレンジの香りを纏っていた。

両者が近づくと香りが混じる――ということがないように、コーデリアは精油の精製過程である程度魔力の調節を行っていた。精油を使った者同士が一定距離以上近づくと香りが緩やかに混じるよう、決して濃すぎることがないよう工夫しているのだ。相手の香りをほのかに感じることはできるものの、不快感はない。

ニルパマはコーデリアをもう一度見て、満足げに呟いた。

「でも、もっと早く教えてくれていたら、オレンジのドレスを作ったのに……なんていったら、年《とし》甲斐《がい》がないって笑われちゃうかしら？」

「伯母様なら何色のドレスでも似合われますわ」

「ありがとう。やっぱりコーデリアは可愛いわね。困ったことがあったら、いつでも伯母を頼って良いのよ？」

「ありがとうございます」

「だから、また新しい香油ができたら私にも試させてちょうだいね。宣伝はしてあげられるわ」

ウインクしながら言うニルパマのセリフに、コーデリアは笑顔で頷いた。

ニルパマもそれで再び笑みを深くしたのだが、そこではっとしたように広間の入り口を見た。

「すっかり忘れてしまっていたわ。エルヴィス様から用意ができたらエントランスに出てくるよう申し受けていたのよ」

「お父様が？　もうご準備が終わられていたのですね」

「正確には準備がなかったというほうがいいかしら。城からさっきお帰りになったのだけど、着替えないと仰ってたもの。だからコーデリアが来るまで広間でお話を、と思ったんだけど、途中で私の話をうるさいとでも思ったのかしら。エントランスで待つと仰って広間から出ていかれたわ」

「そうなのですね」

「エルヴィス様は本当にいつまでたっても愛想がないわね。もっとも愛想のいいエルヴィス様なんて想像できないけれど」

ニルパマはそんなことを言いつつ、優雅な歩みでエントランスに向かう。その様子は決して慌《あわ》てているようには見えない。だからコーデリアはニルパマの手を取って歩調を速めた。

お父様が待っていらっしゃるのだったら、急がなければ。

しかしコーデリアの力程度では、ニルパマの歩みを速めることはできなかった。むしろ彼女は微笑ましくコーデリアを見ている。その上、そんな様子を見た使用人たちからも温かい眼差《まなざ》しを受けてしまった。きっと子供らしい行動だと和《なご》まれているのだろうとコーデリアは思ったが、その手を離すことはしなかった。エルヴィスが待っているのだ。少しでも早く歩を進めなくては。もっとも、結局ニルパマが歩調を変えることはなかったのだが。

「お待たせ致しました、エルヴィス様」

「お待たせして申し訳ございません、お父様」

「ああ」

ニルパマとそれに続いたコーデリアの声にエルヴィスは短く返した。先程ニルパマが言った通り、エルヴィスは今日も愛想がない。むしろ少し不機嫌な様子だとコーデリアは感じた。

(お仕事がお忙しいというお話でしたし、お疲れなのかしら)

それともニルパマの予想通り彼女と喋《しゃべ》るのに疲れたからか、それとも今からフラントヘイム家に向かうことが面倒なのか。

正解は不明だが、今思い浮かんだいずれかに答えが含まれているなら機嫌が悪くてもしょうがないような気がする。夜会から戻ったら温湿布《おんしっぷ》を用意して父親のもとを訪ねようとコーデリアは心に決めた。

だがそんなコーデリアとは対照的に、ニルパマは全く気にする様子を見せなかった。

「それより見てくださいな、コーデリアのこの姿。可愛いでしょう？」

「……」

ニルパマの弾《はず》む声に対して、エルヴィスは無言を回答とした。

コーデリアとしてもエルヴィスから可愛いなどと褒められたことはないので、そんな褒められ方をすれば心臓が飛び出るくらい驚くと思う。似合っていないと言われないだけで十分だ。そう思うのだが、ニルパマはエルヴィスに対し右の人差し指を立てて注意をする。

「エルヴィス様、照れくさくても褒めるときは褒めなければいけませんよ。女心をわかってくださいませ」

「……」

「ほら、エルヴィス様。娘に『可愛い』の一言が言えないんですか？」

「伯母様、その辺りにしてくださいませ……」

あくまで無表情で無言を貫くエルヴィスに詰め寄っても無駄だ……というより、それではエルヴィスが可哀相だ。人間、誰しも得手不得手《えてふえて》の分野があるのだから無理に言わせても仕方がない。

「……似合ってはいる」

抑揚《よくよう》のない機械的な声だったが、それでも信じられない言葉が飛んできてコーデリアは耳を疑った。当のエルヴィスは「行くぞ」と背を向けて歩き出す。

「もう、エルヴィス様！　そうではないでしょう‼　せめて似合っているって言ってくださいませ。

似合って〝は〟ってなんですか。〝は〟って」

いや、そんな細かいことなどコーデリアにはどうでもいいことだ。

（……お父様に褒められた！）

感動というより呆然《ぼうぜん》としてしまうのは仕方がないだろう。しかし嬉しくないわけがない。自然と口の端が上がりながら、コーデリアはニルパマに続いて馬車に乗った。

馬車内でもニルパマはよく喋っていた。彼女は様々な菓子や服飾の話をしておりコーデリアには興味深いものであったが、エルヴィスは全く聞いていない様子だった。稀にニルパマはエルヴィスに応えを求めるのだが、エルヴィスは「ああ」「違う」「知らん」という三つの単語しか返していなかった。

（……伯母様への対応が、フラントヘイム侯爵へのそれにそっくりだわ）

確かに多少二人のエルヴィスに対する話しかけ方は似ている気がする。だったらエルヴィスの返しが同じになっても不思議ではないのだが……エルヴィスは賑《にぎ》やかな人を引き寄せる何かをもっているのだろうか。

そんなことを考えているうちに、三人を乗せた馬車はフラントヘイム家へと到着した。

フラントヘイム家は白い豪邸で、城の一部を切り取ったような佇《たたず》まいだった。庭はパメラディアの家の方が大きいと思うが、建物はフラントヘイム家の方が一回り大きい。

（豪邸だわ……）

自分の住まいも豪邸に変わりはないが、また趣《おもむき》が違う屋敷にコーデリアは驚いた。

（ヴェルノー様、本当に侯爵家のご子息なのね……）

もちろん疑っていたわけではないが、風来坊《ふうらいぼう》という言葉が似合いそうなヴェルノーがここに住んでいると聞けば多少不思議に感じてしまう。

既に夜会には多くの人々が集まっており、皆とても煌《きら》びやかな装いをしていた。

コーデリアは人々のざわめきを聞きながらエルヴィスと伯母に続いて歩いた。屋敷を出る前に一度落ち着いたはずの心臓は妙に速く脈打っている。

「まあ、ウェルトリア女伯だわ。相変わらずお綺麗なこと」

「パメラディア伯爵とご一緒とは珍しい組み合わせですな」

「あの小さな子供は伯爵のご息女《そくじょ》か？」

「王子と年齢が近いな」

ただ歩くだけで注目の的《まと》になってしまっている状況に、コーデリアは顔が強張《こわば》らないよう必死につとめた。

笑顔、笑顔が大事だ。

静かに笑みを浮かべて歩けば何ら問題ないはずだ。事実、エルヴィスは噂される声など全く気にする様子はないし、ニルパマは自信ありげに微笑んでいるだけだ。そんな二人を見て腰が引けるなどと言ってはいられない。コーデリアは改めて背筋を伸ばして前を見据《みす》えた。

するとその時、コーデリアの耳に聞き覚えのある声が届いた。

「おや、これは珍しい組み合わせだね」

声の主は本日の主催者であるレオナール・フラントヘイム侯爵だ。どうやら彼は会場内を気ままに歩いていたらしい。

「ご無沙汰《ぶさた》いたしておりますわ、レオナール様」

「お久しぶりでございます」

ニルパマとコーデリアの挨拶に侯爵は「うんうん」と満足したように頷いた。そして何も言わないエルヴィスを見た。

「エルヴィス、機嫌が悪いようだね？」

「ああ、最悪だ」

「最近仕事が大変そうだし、疲れてるんだね。今日もてっきりご子息のどちらかが来てくれるのかと思っていたよ」

「……」

侯爵は、エルヴィスが娘のために自らが出席すると言ったのをまるで知っているような顔でエルヴィスの肩に手を置いた。ただし、それは即座に虫の相手をするかのように払われたが。

しかし、それでも侯爵は笑みを絶やさない。むしろそれが楽しいと言わんばかりの勢いだ。

二人の様子を見ていたニルパマが、扇《おうぎ》で口元を隠しながらも笑っているのがコーデリアには見えた。

「レオナール様、今日のコーデリアは一段と可愛らしくありませんか？」

ニルパマはそう言いながら侯爵に話しかけた。

「ああ。私も娘が欲しいと思うくらい可愛いよ」

「やらんぞ」

(お父様、社交辞令ですよ)

あまりの素早い突っ込みにコーデリアは心強いと感じつつ、にこにこと笑顔を張り付けて二人のやりとりを見ていた。もちろん言葉だけなら冗談のようにも聞こえるのだが、エルヴィスが言うと冗談に聞こえなくなるのだから不思議なものだ。そしてエルヴィスの返答は侯爵にさらに楽しみを与えてしまったらしい。

「それは君のご息女次第だろう。ひょっとしたらヴェルノーの嫁になる可能性だって」

「ない」

(お父様、それも冗談ですよ)

むしろ冗談以外であってたまるかと思いつつ、コーデリアは笑顔が崩《くず》れないように耐え忍んだ。そもそもヴェルノーと結婚など、彼がコーデリアに対する認識を改めなければ現状ではありえないことであるし、コーデリアもそれがあり得るとは思わないので「何を馬鹿なこと言ってるんですか」としか言えない。だからこそ安心できるただの友人なのだ。本来なら心配すら必要ないが、侯爵の言葉でほんの一瞬だけ想像しかけた自分が憎いとは思った。

ないない、ありえない。

「しかし今日もウェルトリア女伯はお美しい。後でサーラに会ってやってくれ、久しぶりに会えることを喜んでいたからね」

そう言いながら侯爵が向けた視線の先には、ヴェルノーを連れた美しい女性が客人からの挨拶を受けていた。

ヴェルノーと揃《そろ》いの金髪の女性、サーラ・フラントヘイム。ヴェルノーの母であり、侯爵の妻だ。コーデリアも彼女を見たのは初めてだが、間違いないことはすぐにわかった。似ているとは思わないが、ヴェルノーが大人しくしているのがいい証拠だ。

「あら、レオナール様はお客人の相手を奥方に任せて、ご自分はサボっておられましたの？」

「いやだな。私は特に親しい友人には自ら挨拶に出向きたいと思っているだけだよ。だから君たちとも早く会えたんだ」

「またご都合の良いことを。しかし私とサーラがお話をする間だけでも交代してくださいませ。後がつかえていては落ち着いて話もできませんわ」

「ご婦人の話は長いからなぁ……でも、わかったよ。サーラが喜ぶなら私は喜んでそれを受け入れよう」

そうすると侯爵はサーラの方へ歩を進めた。ニルパマはそれに続いたが、エルヴィスは動かなかった。

「私は少しあちらで話をしてくる」

「わかりましたわ。コーデリアはこちらへ。お友達を祝うのでしょう？」

エルヴィスが向かった方向には、何やら難しい顔をした男性が二人ほど立っていた。場所が場所なので難しい話をするわけではないと思うが、コーデリアには入り込む余地のないことだろうと想像ができた。

コーデリアはニルパマに頷き返し、ヴェルノーたちのもとに向かうことにした。

「そういえば今日は随分珍しい香りがするよね。珍しい物を輸入したのかい？」

「いいえ？　外国でもまだ見たことないわ」

歩きながら首を傾げた侯爵に、ニルパマはすぐに返事をした。扇で口元を隠しながらも、その様子は得意げだった。そんなニルパマの表情の意味を、侯爵もすぐに理解していた。

「入手ルートは秘密ということかな？」

「侯爵様もお使いになりたいの？」

「いや、サーラが喜ぶだろうと思ってね。いい贈り物になると思わないか？」

「なるほど。確かに素敵ね」

好意的な言葉とは裏腹に、ニルパマは質問をはぐらかす。侯爵は苦笑していた。

「簡単には教えてくれそうにないね」

「今は、ね。でもすぐにわかるわ」

そんな二人の会話を聞きつつ、コーデリアは目的地にたどり着いた。

「サーラ。ウェルトリア女伯が来てくれたよ」

「まあ、ニルパマ！　会いたかったわ」

「久しぶりね、サーラ。お招きありがとう。今日は朴念仁《ぼくねんじん》の義弟《ぎてい》と、可愛らしい姪と来たのよ」

そんなニルパマの紹介を受けてコーデリアも口を開いた。

「初めまして、コーデリア・エナ・パメラディアと申します。本日はお招きいただき、ありがとうございます」

「招いただなんて、大げさだわ。特にエルヴィス様を連れてきてくださったことには感謝しているわ。来てくださらなければ夫は拗《す》ねてしまいますもの。最近忙しそうだから今年は無理だろうって口をとがらせていましたから」

そう冗談交じりに言ったサーラは、目を細めながらコーデリアを見つめた。

「コーデリアさん、貴女に会えて嬉しいわ。夫やヴェルノーからよく話は聞いているの。ヴェルノーと仲良くしてくれてありがとう」

しかしその言葉に、当事者である彼女の息子は不満そうな声をはさんだ。

「……母上。その言い方はちょっと」

「あら、照れてるのかしら？」

少なくともコーデリアには全く照れには聞こえなかった。それに口元を引き攣《つ》らせている表情が照れというなら、ヴェルノーの照れは少し残念なものであるだろう。

とはいえサーラの雰囲気はほのぼのとしていて変わらない。その雰囲気が柔らかいからだろう。客の大半は侯爵が引き受けたはずなのに、ご婦人方はサーラの側からさほど離れてはいない。

一方で、ご婦人方の視線はサーラよりもニルパマに向けられているように見えた。

（注目度、凄く高いわね）

フラントヘイム家の夜会において、侯爵夫人であるサーラが注目を集めるのは不思議なことではない。しかしそれ以上にニルパマが注目を集めるというのなら、それだけご婦人方はニルパマから目を離せないということなのだろう。コーデリアも疑っていたわけではないが、ニルパマが流行の最先端と言われているのは大袈裟《おおげさ》ではないと唸らされる。そして、これほど人目を引いていれば周囲の人々に話は聞こえるだろう。だから自分の興味や好みをこういう場で会話に組み込めば、より広くそれは伝わるだろう。

もちろん、それはもともとニルパマが目立っており、周囲から真似《まね》をしたいと思わせる力があるからこそ有効な手であることは間違いないが。

そんな中で、サーラは小首を傾げながらコーデリアに視線を合わせた。

落ち着いた雰囲気の女性の随分可愛らしい行動に、コーデリアは目を丸くした。

「どうなさいましたか、サーラ様」

「コーデリアさん、とても不思議ね」

「不思議、ですか?」

「ええ、お花の香りね。それにニルパマからもいい香りがしているの」

そのサーラの問いと同時に、周囲の声がややトーンダウンしたような気がした。サーラはそのままニルパマを見上げる。すると、それにつられて周囲の視線もニルパマに移った。

ニルパマが秘密を握っている。そう周囲は思ったようだ。

ニルパマは口元に扇を当てた。

「サーラも興味がおありかしら？」

「ええ。だってコーデリアさんからはお花畑にいるような香りがするの。もちろんニルパマのさわやかな香りもすごく好きよ。柑橘《かんきつ》の香りよね」

「当たりよ」

「でもオレンジの果汁を被ったわけでもないでしょうし、お花に埋もれたわけでもないわよね？」

ゆっくりと体を起こしたサーラは、ニルパマと向かい合った。

そんなサーラに対して、ニルパマは扇を口元から外して満面の笑みで口を開いた。注目を集める中でニルパマがつぶやいた答えは、とてもシンプルだ。

「秘密よ」

そのたった一言の回答に、サーラも周囲も目を丸くした。

しかしニルパマは、すぐに「でも」と答えを続けた。

「コーデリアがサーラに教えても良いというなら、話は別よ？」

「コーデリアさんが？」

「そう。この子、とても賢くて将来有望な姪っ子なの。美容にも詳しいのよ？」

そう言いながらニルパマはコーデリアの頭に手を置いた。その一連のやりとりに、周囲の女性が息と動きを止めたのがコーデリアにもわかった。

ニルパマは微笑みを崩さずコーデリアに視線だけを向ける。その動作で、ニルパマの狙いがコーデリアにもわかった。

侯爵に尋ねられた時にニルパマが答えなかったのは、一番目立つタイミングを測っていたからだ。

そして、ニルパマはコーデリアに利を与えようとしている。ニルパマの宣言はコーデリアのことを認めていると言っているようなものだ。何よりコーデリアの許可次第と公表しておくことで、コーデリアの人脈が広がるよう取り計らってくれている。

「……伯母様は意地悪ですわ。私がヴェルノー様のお母様に内緒だなんて、言えるわけがございませんわ」

コーデリアの答えにサーラは目を大きく見開き、それから隣にいたヴェルノーの頭を何度も撫《な》で始めた。

「ヴェルノーの母親で良かったわ」

「母上、やめてください。髪が乱れます」

「あらあら、照れているのかしら？」

「でもサーラ様。私はまだまだ研究を始めたばかりなのです。ですから……今はまだサーラ様とニルパマ伯母様、それから私の、三人の秘密ということにしていただけますか？」

「もちろんコーデリアさんがそれを望むなら。今度、ニルパマと三人で秘密のお茶会を開きましょうね」

「母上、髪が乱れますから手を止めてください」

ヴェルノーの二回目の言葉にもサーラの手は止まらなかったので、ヴェルノーは自分の右手でその手を強制的に止めていた。

「あらまぁ、ヴェルノーも随分力強くなったのね。嬉しいわ」

「……喜んでいただけて何よりです」

「コーデリアさん、お茶会の予定はまた今度決めましょうね」

「はい、楽しみにしております」

笑顔で提案してくれるサーラの言葉は素直に嬉しい。それに、これは一番好ましい展開だ。だから、髪を直しているヴェルノーを多少不憫《ふびん》に思ったこともすぐに吹き飛んでしまった。

「よかったわね、コーデリア」

「はい。とても嬉しいです」

コーデリアだけでなく、ニルパマもこの上なく機嫌がいい。

（それもそうよね）

もちろんコーデリアのことを喜んでくれているのは確かだと思う。けれど、ニルパマにも全く関係ない話ではないのだ。

『香りの秘密が知りたければコーデリアに聞け』

それを言ったところで、コーデリアと繋がりがない人間が早々に尋ねることなんてできはしない。ニルパマがコーデリアのことを認めていてもコーデリアはまだ子供、表舞台に出てくる機会なんてほとんどないのだ。そうなれば、多くの貴族はニルパマに紹介を依頼することになるだろう。

（そうなれば、伯母様にも都合がいいこともあるかもしれない）

もっとも、ニルパマを通してもらえればコーデリアにも都合がいい。いくら人脈を広げるチャンスをもらっても、それを判断するにはコーデリアの持つ情報量があまりに少ない。優先すべき人をニルパマが選んでくれるならありがたいことだ。女性社会のことは、エルヴィスよりニルパマのほうが詳しいだろう。

（けれど、思った以上に周囲の反応は大きいわね）

王家とも親しい侯爵夫人に興味を持ってもらえれば香りのことも広めやすくなるとは思っていたが、これほど注目されるとは思っていなかった。

（予想以上の種は蒔《ま》けたかも）

しかしこうして舞台を整えてもらったのならば、それに見合うだけの作品を完成させなければいけない。

（気合い、もっと入れていかないと）

「私も気合い入れないと」

コーデリアがそう思ったのと、サーラがそれを口に出したのは同時だった。

コーデリアは思わず驚きサーラを見上げた。

「こんな可愛らしいお客様をもてなすのは初めてだから、楽しみだわ」

お茶菓子もいっぱい用意するわね、と言われコーデリアはほっとした。思わず自分の声が伝わってしまったのかと思った。

（でも、サーラ様がお菓子をたくさん用意してくださるなんて）

ヴェルノーがパメラディア家によくやってくる主な理由は、〝家では菓子が食べられない〟からだ。その理由は、確かサーラが菓子を好まないことだった。だから余計に嬉しい。

大きな期待を抱かれ、そのまま今日の目標の一つは達成した。


「母上が菓子を用意、か。全く羨《うらや》ましい限りだな」

「ヴェルノー様。お誕生日おめでとうございます」

「ありがとう。忘れられているのかと思ったがな」

肩をすくめて言うヴェルノーはそのままサーラの方へ向いた。

「母上、私は少し離れますよ。ディリィ、ちょっと来られるか？」

「え？　ええ。でもその前にお祝いの品をお渡ししたいのです」

そう言いながらコーデリアは右手を握ったまま差し出した。そして不思議そうにヴェルノーが覗《のぞ》き込んだところで、その手を開いた。

手に載せているのはたくさんの種だ。種は小さな楕円《だえん》形で宝石のように輝いている。

「ディリィ、これは……育てろということなのか？」

「それも楽しんでいただけると思いますが、それでは驚かれたりしないでしょう？」

コーデリアはそう言うと同時に天井に向かって種を放り投げた。種は光を受けてより輝く。

「何をやって……」

「ちょっと待っていてくださいね」

驚くヴェルノーにそれだけ言うと、コーデリアは両手を掲《かか》げて指先に魔力が集まるように集中させ、そして魔力を種に向けて放った。

輝いていた種はポンッポンッと音を立てて弾けていく。それと同時にいくつもの花が宙を漂い始めた。周囲からは、突然現れた花に歓声が漏《も》れた。

「これは？」

「驚かれました？　魔力を源《みなもと》に咲く浮遊花なんです」

「作ったのか？　ディリィが？」

「作った、というのは少し大げさかもしれませんが」

本来、この花は大地を這《は》うツル性の植物だ。パメラディアの領地では珍しくはないが王都周辺で見ることはまずない花でもある。

「仕掛けを聞いても？」

「この花は本来ツル性の植物なのですが、魔力だけを養分に育つんです。水も光も必要とせず、単に魔力を吸い上げるためだけに葉や根があるのです。だから、代わりに私が魔力を与えました」

「植物成長はパメラディアの十八番《おはこ》だもんな。浮いてる理由は？」

「元々この花はツルから切り離すと数秒程度は宙を漂います。しかし、今私がお見せしたように急激に魔力を与え成長させると、一日程は宙を舞います」

領地に不思議な花があると知ったのは十歳の頃で、それからコーデリアは自分の魔力の使い方を学ぶために何度もこの花で遊んでいた。宙に長時間浮かせる方法に気付いたのは去年のことだが、今日のように複数の種を同時に扱うことを練習し始めたのは夜会に出ることが決まってからだ。

間に合ってよかった、とコーデリアはほっとした。

「もちろんこれだけではヴェルノー様には物足りないでしょうから、別の贈り物もご用意しておりますよ」

「十分楽しませてもらったが、もらえるものはありがたくいただこう。ちなみに、何だ？」

「お菓子の詰め合わせです。日持ちするものを選んできました」

「なるほど、気が利《き》くな。ところでディリィ、喉は渇いてないか？」

「え？　喉、ですか？」

唐突な話題の転換にコーデリアは驚いた。素直に述べるなら特に喉は渇いてなどいないが、思い返せば先程もヴェルノーはこの場を離れようとしていた。

（……ご挨拶に飽きたのかしら）

それなら助け船を出すとしようか。

コーデリアは「ええ、そうですね」と短く返事した。そしてニルパマを見上げる。ニルパマはコーデリアにウインクをした。どうやら行っても構わないらしい。

するとヴェルノーは「こっちだ」とコーデリアの前に出て手招きをした。

「予想外のプレゼントだな。あんなの見たことなかった」

「お喜びいただけました？」

「ああ。母上も、ほら。今も花を手に取ってらっしゃる。会場でもちらほら花に触れている人がいるな。空気がより明るくなった気がするよ」

「でも、ヴェルノー様はお菓子の方が嬉しそうでしたね」

「まあ、そこは許してくれ」

悪びれる様子のないヴェルノーに、コーデリアもヴェルノーらしいと肩をすくめた。

「しかし、これを見られなかったアイツはさぞかし悔しいだろうな？」

「アイツ？」

「ああ。ディリィ、何を飲む？　ジュースな。ほら、これ持ってあっちに行くぞ」

「え？　ちょっと待ってください」

給仕から飲み物を受け取ったヴェルノーはコーデリアにそれを押し付けると、尚《なお》も前へと進んでいく。そして彼はバルコニーに出た。コーデリアも訳がわからないと思いつつ、踵《きびす》を返すこともためらわれたのでそのままヴェルノーに続いてバルコニーに出る。

「ちょっとヴェルノー様。こちらに何が……」

「ここに待ち人がいるんだよ」

「え？」

その言葉に疑問を覚えながら、コーデリアはヴェルノーが顔を向ける方に視線を移した。

まずわかったのは、そこに人影があることだ。

その人影は壁に背を預け、ヴェルノーの方を向いている。更にその人物の特徴を挙げると髪は茶色で、背丈はヴェルノーと同じくらいだった。

「ほら、ジル。連れてきたぞ」

くくっと笑いながらヴェルノーはそう言った。

「……ジル様？」

いや、確実にジルだということはわかる。ヴェルノーがそう言っていたのだから。

「久しいね、ディリィ」

「え、ええ。お久しぶりです」

八歳の時の面影を残しつつも成長したジルを前に、コーデリアは一瞬反応が遅れてしまった。前に会った時と同じように、ジルはヴェルノーの魔力を纏っている。

（街中じゃないのに、どうして？）

そう疑問も湧いたが、それ以上に驚いたことがある。

「お綺麗になられましたね」

「……え？」

そう、ジルはとても綺麗になっていた。

それは四年前に会った時より落ち着いた雰囲気であることも大きく関係しているかもしれない。

だが、本当に綺麗に成長していた。気を抜けばまじまじと見てしまいそうなほどに。

「ぶはっ、ジ、ジルが綺麗とか……さすがディリィは言うことが違うねぇ」

「……ヴェルノー」

「よかったな、ジル。じゃあ、俺は会場に戻るから。ジルもあんまり遅くなるなよ」

そう言いながらヴェルノーは姿を消した。彼の背中には実に愉快だと書いてあるような気がした。

「……」

「……」

(どうしよう……)

それが、ヴェルノーが去ってから一番に浮かぶ感想だった。

ジルに会うという予想は全くしていなかった。ジルに会いたくなかったというわけでは決してないが、何を話せばいいのかコーデリアにはよくわからなかった。

(手紙ではやりとりしてるのに……直接会うのはやっぱりちょっと違うわ)

どうしよう、どうしよう。

しかしそうして少し俯《うつむ》き、自分の胸元の花を見た瞬間に言うべきことを思い出した。手紙には書いたが、薔薇のお礼を直接伝えることはまだできていない。

「「あの」」

しかし意を決したコーデリアの言葉は、ジルの言葉と重なった。二人は同時に動きを止め、そして同時に吹き出した。

「お花、ありがとうございました」

「いや、役に立てているなら私も嬉しいよ。成果も上々、だよね。ディリィからとてもいい香りがする」

「ジル様のおかげです。ありがとうございます」

「それから……その……」

「どうなさいました？」

「ずいぶん綺麗になったんだね。八歳の時のディリィも綺麗だったけど、ずっと大人になってて凄く驚いた」

「お、お上手ですね。でも、ありがとうございます」

コーデリアは先程自らが口にした言葉と似た言葉に、一瞬返事に詰まってしまった。真っ直《す》ぐ、少し照れたような表情で言われて、不覚にも顔が熱を持ってしまう。

（は、恥ずかしがりながら言ってくださるのは、本心だから……なの、かしら？）

しかしわざわざ恥ずかしがりながらも口に出しているということは、伝えなければと思ってくれているのだろう。そうなるとコーデリアはその言葉を正面から受け止めるのが少々気恥ずかしいと思ってしまい、笑ってごまかした。

けれど、そんなコーデリアの対応にジルは少し納得していない様子だった。

「そ、そうですわ。ジル様はいつ今日来られることが決まりましたの？　私、ヴェルノー様から聞いていませんでしたから驚きましたわ」

「え？　あ、あぁ……ごめん、驚かせるつもりはなかったんだ。ただ、今日も来られるかどうか直前までわからなかったから」

「お忙しくしてらっしゃいますのね」

「でも楽しいこともあるから、決して苦ではないよ」

「それなら良いのですが……ご無理はなさらないでくださいね」

真面目なジルが忙しいと言っているのだ、仮にエルヴィスのように予定がぎっしりという状態であれば身体《からだ》も壊しかねない。

まだ子供なのだから、とコーデリアが思っていると、ジルは少しだけ真面目な顔になった。

「気を付けはするよ。でも、やりたいこととやらなきゃいけないことがあるから、限界までは頑張るさ」

「では、決して限界は突破しないようにしてくださいませ。約束ですよ？」

そう言ってコーデリアは右の小指を差し出した。

差し出してから……ハッとした。

この世界で指切りだなんて発想は果たしてあっただろうか、と。家の中では行ったことなどない。コーデリアがそっとジルを見ると、ジルは目を丸くしていた。

(奇妙な行動だと思われたのかしら……！)

いよいよどう誤魔化すか考え始めた時、コーデリアの小指にジルの小指が絡んだ。

「ジル様？」

「うん、約束するよ」

どうやらこの世界にも指切りという慣習はあったらしい。ほっとしながらもコーデリアはぎゅっと力を込めてからその指を解いた。

「でも、ディリィが指交わしを知っているとは思わなかった」

「え？」

「市井《しせい》の子供が約束事をするときに使う誓いの方法でしょう？」

（……それは知らなかったです。指交わしっていう呼び方も知らなかったです）

「誓いを立てる騎士が剣を重ねる姿を真似《まね》て、指を剣に見立てて約束事したっていうのが起源だって聞いて、最初はとても驚いたよ。でも、いい約束の方法だよね」

「ええ。私もそう思います」

「私もディリィと約束したから、無茶なことはしないよ」

「はい」

「だからディリィも約束。ディリィも限界突破するようなことはしないでね」

「はい、もちろん」

そうしてお互い顔を見合わせて笑っていると、初めに感じた緊張など解けてしまっていることに気が付いた。そもそも四年間も手紙のやりとりは行ってきたのだ。手紙で思い浮かべていた人物が少しずつに目の前の人物に重なっていけば、不安なんて残るわけがなかった。

コーデリアは左手に持っていたグラスに口を付けた。今更ながら喉が渇いてしまったのだ。ジュースはなかなか甘い物であったが、喉は非常に潤った。

「あら、音楽が……？」

「ああ、ダンスが始まるみたいだね」

緩やかな曲がホールから流れてくる。コーデリアが多人数での生演奏を聞くのは今回が初めてだ。思わず気になってコーデリアは一歩ホールの方へ近づいた。

だが一歩以上は進めなかった。ジルに右手首を掴まれたからだ。

「どうなさいました？　ジル様」

「いや、その……」

突然理由もなくジルがそんなことをするなんて考えられない。コーデリアは首を傾げてジルを見た。ジルは少し言葉に詰まっていたが、コーデリアの手首を掴んでいた手を離し、そして改めて手を差し出した。

「ディリィ、お願いがあるんだ」

「どうされました？」

「ここで、一曲踊ってくれないか？」

その言葉にコーデリアは驚いた。

ここで？

目を瞬《しばた》かせるコーデリアに、ジルは「ダメかな？」ともう一度尋ねた。

「いえ、ダメではございませんが……私、まだ先生以外と踊ったことはございませんよ？」

「なら、私が初めてのお相手になるんだね……私で構わない？」

「それはもちろんですが……足を踏んでしまっても知りませんわよ？」

コーデリアとて足を踏むほど下手なつもりはないが、初ダンスがバルコニーでとは想像していなかった。ホールだろうがバルコニーだろうが踊れないということはないはずだが、ほんの少しの不安はある。

ジルは、そんなコーデリアに恭《うやうや》しく一礼した。

「光栄です、お嬢様」

少し芝居がかったその様子に、コーデリアは思わず笑ってしまった。

「リードをお願い致しますね、紳士様」

左手に持っていたグラスを手すりの上に置き、コーデリアはジルの手を取った。

ジルは相当踊り慣れているのか、たとえ本当にコーデリアが下手でも足を踏む余地など全くないのだろうと感じさせられた。それにその表情は先生とは違い楽しそうなのが新鮮だった。

「星空の下で踊るとは、夢にも思っていませんでした」

「私もだよ。ディリィが来るかもしれないとは一度ヴェルノーから聞いていたんだけど、その時はまだはっきりしていなくて」

「あら、そうなのですか？」

「うん。本当に来るって知ったのはここに着いてからだったよ。だから、一緒に踊れるなんて夢にも思っていなかった」

そう言いながら、ジルは手すりに置かれていたジュースをコーデリアに渡した。

コーデリアは星を見上げながらそれに口を付けた。

「……ディリィは星も好き？」

「え？　ええ」

ぼんやり見上げていたところにそんなことを尋ねられ、コーデリアは驚いた。けれど深く考える

間もなくジルの言葉は続いた。

「なら、星降る丘にいつか行こう。案内する」

「星降る丘?」

「ああ。あまり知られていない場所だけれど、流れ星が落ちてくる、とても素敵なところだよ。白い花が綺麗なんだ」

「白い花?」

「うん。きっと気に入ってくれると思う。本当は今詳しく話したいけど、そろそろ私も帰らないといけなくて。また手紙を送るよ。今日はありがとう」

「え、ええ……って、え!?」

てっきりホールに戻ってから帰るのかと思ったが、ジルはそのままバルコニーに手をかけて飛び降りた。ここは二階だ。

コーデリアは驚き、すぐさま手すりから身を乗り出して下を見た。

だがすでにジルの姿はそこにはなかった。

(びっくりするくらい、急にお帰りになってしまわれたわ)

前触れもないに等しいその去り際に、コーデリアは呆然としてしまった。

せっかくだからもう少ししゃべりたかったという思いもある。四年ぶりだったのだ。

(……でも今日も予想していないのにお会いできたんだから、次もまたふらりと会えるかもしれないわ)

それに、少ししか聞けなかったがお誘いもあった。何らかの連絡は近いうちにすることになるだろう。そう思ったコーデリアは、ゆっくりとホールに戻ることにした。あまり長い間姿を見せないとあっては、エルヴィスやニルパマを心配させてしまうだろう。

コーデリアがホールに戻ると、まず目についたのはニルパマだ。彼女は中央で踊っていた。そして少し視線を滑《すべ》らせるとエルヴィスが侯爵に話しかけられている様子が目に入った。

（どうしようかしら）

踊る伯母のもとには行けないし、話をしているのならエルヴィスのもとにも行きづらい。ならば、もう一つの目的である同年代の友人探しをしてみようか。そう思いながらコーデリアはふと周囲を見回した。

（いきなり知らない子に声はかけづらいし……ヴェルノー様はどこかしら）

そう思いながら金髪の子供を探していたのだが、コーデリアは思いがけない人物を目にして、動けなくなってしまった。

（どうして、ここにいるの……）

そこにいたのは一人の少年。

背の丈はヴェルノーと変わらない。髪の色は黒で、瞳の色は黄金《こがね》色。そしてその胸には王家を示す紋章。

（どうして……本当にどうして王子がここにいるの⁉）

ホールを離れるまでの間、王子など確かにここにはいなかったはずである。内心冷や汗をかきながら、コーデリアは思わず一歩足を引いた。

いや、ヴェルノーが誰の友人であるか考えれば、決しておかしいことではない。ただコーデリアが、王子がフラントヘイム家を訪ねるなど全く思いつきもしていなかっただけで。

(そうよ……王子が王城から出てこないなんて、そんなことあるわけないのに)

完全に油断してしまっていた。王子を目にするなんて、あったとしてもまだまだ先のことだと思っていた。

(落ち着くのよ、私。まだ私が一方的に殿下をお見かけしただけなんだから)

別に相手から話しかけられたわけでも何でもない。相手は王子だ。むしろ見知らぬ娘が話しかけるとなると失礼にもなりかねない。

ならば再びバルコニーに戻って、時が過ぎるのを静かに待とう。

そう考えたコーデリアは、王子に気付かないままだというように振る舞うことに決めた。距離だってそう近くはない。気付かなくても不自然でもない。

だが、そんなコーデリアの考えはすぐに打ち砕かれた。

「ディリィ、こっちだ！」

コーデリアを呼ぶヴェルノーの声は大きく、さすがに聞こえないというには無理があった。もちろんそれでも聞こえないふりをするという手もあるのだが、ヴェルノー相手ではより大きな声で呼ばれかねないとコーデリアは思う。

（逃がしてほしかった……）

退路を断たれたコーデリアは、ゆっくりとヴェルノーのもとに近づいた。彼らの周囲をよくよく見れば、コーデリアが来た時にはいなかった数人の騎士らしき護衛が確認できた。

（王子ってやっぱり大変なのね）

少しばかり王子に同情しつつ、コーデリアは重い足を一歩ずつ前に出す。そして黄金色の目が自らを捉《とら》えたことに気づき、一旦足を止めた。

「ディリィ」

「はい」

ヴェルノーに促《うなが》され、コーデリアは黒髪の王子に対し恭しく一礼した。

「初めまして、殿下。私はエルヴィス・パメラディアの娘、コーデリア・エナ・パメラディアと申します」

最低限の言葉を並べるだけなのに、これほど神経を遣《つか》うことが未だかつてあっただろうか。

しかし、この王子の前でだけは極力平凡でいなければならない。良くも悪くも記憶に残ってはいけないのだ。

自己紹介の機会を与えられた以上、何らかの返答をうけなければ立ち去ることもできない。

（早く、早くお返事をくださいな……）

実際それほど時間は経っていないはずだが、コーデリアにはひどく長い時間に感じられた。心音が耳にまで届く。それがいつもより大分速い。

「顔を上げてください」

「……はい」

「今日の私はこの国の王子ではなく、ヴェルノーの友人としてやってきています。畏《かしこ》まっていただく必要もありません」

そう言った王子に、コーデリアはゆっくりと顔を上げた。

すると、少し垂れた優しげな目をした王子と目が合った。

（欲しかった答えは、そんな親切なものじゃないんだけど）

それに王子がそう言ったところで堂々と「ではよろしく」なんて言えるはずもない。もちろん別の意味でも言えないが。

しかし王子と顔を合わせて、一つだけ知れて良かったと思うことがある。

（たとえこの王子様がヒロインと相思相愛でも、私、嫉妬《しっと》しそうにないわ。確かに見目麗しい王子様だけど、そう思うだけね）

むしろそうなれば、感謝の念を込めてヒロインと王子に盛大な花束を送りたいと思うくらいだ。

いや、もちろんわかってはいた。これだけ苦手意識を先行させているのだから、何があってもコーデリア自身が「きゃー、王子様素敵ですっ！」なんてならないことくらい。

大丈夫だ。たとえゲームで『コーデリア』がこの王子に一人よがりの愛をまき散らしていようが、コーデリアには関係ない。このまま今まで通り逃げ切れば、平穏な人生を送ることができるだろう。

（嫉妬しないなら親しくしても大丈夫……なんて、やっぱり思えないしね。不吉すぎて心の平穏が

保てなくなっては困るし）

しかし、どうしてくれよう。

今はこの居心地の悪い空気から逃れるのが先決だ。王子が何を思ったのかにこりと微笑んだのでコーデリアも反射的に微笑み返すが、次の瞬間「何やってるの、私……‼」と全力で自分を引き留める。そして不可抗力《ふかこうりょく》だと自分自身に言い訳した。

だが、コーデリアの悩みは割とあっさり解決された。

「殿下、お久しぶりでございます」

「うん？　ああ、久しいね」

可愛らしい声はコーデリアのすぐ隣から聞こえてきた。そして、その声に似合う可愛らしい令嬢はすぐさま「今日のお召し物も、とても素敵ですわ」と王子を褒め始めた。

（これが天の恵みというものかしら）

コーデリアはそう思うと同時に、素早く一礼して戦線を離脱した。心の荷が降りた気がした。

さて、次はどうしようか。そう思ったコーデリアだが、すぐに小さなレディたちに囲まれてしまった。そして、その中で一番背が高い令嬢がコーデリアに声をかけてきた。

「コーデリア様、初めまして。よければあちらでお話しいたしませんか？」

「ええ、ありがとうございます」

コーデリアが少し驚きながらも返答すると、周りの令嬢たちも小さな歓声を上げた。歓迎されているのがよくわかる。上手く溶け込ませてもらうことができたらしい。

令嬢たちに誘われ進みながら、コーデリアは一度だけ後ろを振り返ろうとした。王子を見ようとしたわけではない。自分を呼んだヴェルノーに視線でだけでも挨拶しておこうかと思ったのだ。しかし、途中で悪い予感がしたため体は半分ほどしか振り返らず、すぐに前に向き直った。

（……やめておきましょう。ヴェルノー様ですし、気になさいませんわ）

むしろ振り返って王子を気にしていると思われる方が、今のコーデリアには困る。だから今は同年代の友人作りという目標のため、可愛いご令嬢方とおしゃべりを楽しもうと改めて思いなおした。

幕間　王子の親友

「なあ、ジル。多分今度の夜会にディリィが来るかもしれないけど、お前も来るか？」

そう俺がジルに尋ねたのは、天気のいい昼下がりのことだった。

ジルは唐突な俺の言葉に目を瞬かせて驚いていたが、割とすぐに合点《がてん》がいったようだった。

「もうすぐヴェルノーの誕生日だったね。おめでとう」

「まだ早いけどな」

「でもディリィが人前に出るなんて珍しいね」

「ウェルトリア女伯が、母上にディリィを連れてくるって言ってるらしい。パメラディア伯爵の判断もあるだろうから、断言できないけど。まあ、俺はどうせディリィがこなくても、〝シルヴェスター王子〟はお忍びで来ると思ってるけどな」

俺がそう言えば、ジルは「話が早くて助かるよ」と笑った。

笑ってるけど、多分少し緊張しているんだろうなと思った。ジルが〝シルヴェスター〟としてディリィの前に初めて出る機会だ。もっともジルには悪いが〝シルヴェスター〟とディリィの間で会話が弾むなんて思えない。だって、これまでディリィに避けられてるとしか思えないんだから。

ディリィには〝シルヴェスター〟に会う前に〝ジル〟に会わせておく方が正解だろうなと思った。

多分〝シルヴェスター〟は落胆することになるんだから、そのテンションでジルがディリィに会ったところで碌《ろく》に話もできないだろうし。まぁ、それもディリィが本当に来たらだけど。

「けど、もうヴェルノーも十三歳になるんだね。毎年のことだけど、早く誕生日が来るのは羨ましいね」

「別に大した差じゃないだろ」

「そうだけど。でもやっぱりちょっと羨ましいよ。ずるいよね」

ずるいと言われても、それは俺にどうこうできる問題ではない。ついでにそう考えたことなんて今までなかったから、同意もできない。こういうところは昔から何考えてるのかよくわからないよなと思うけど、そこでふと気が付いた。

「……ってことは、もうすぐジルに会って八年になるのか」

「そうだね」

俺もジルも気にしていなかったので、その事実に思わず顔を見合わせてしまった。そしてどちらからともなくつぶやいた。

「八って中途半端だな」

「なんだかまとまった感じはしないよね」

けれど十三年の間の八年は、とても長い時間だ。

俺が『シルヴェスター王子』と出会ったのは五歳の時だった。

正直に言おう。俺は城に行きたいだなんて思っていなかった。

もちろん城に興味がなかったわけじゃない。その秘密基地を巨大化させたような建物に、俺が興味を抱かないはずがない。しかしその時の俺は、既に城にはマナーが存在していることを知っていた。自由に探検できるなら行きたいが、大人たちの言うことを聞いて大人しくしているだけなら行きたくない。建物が凄かろうが、俺には耐えがたい苦痛だ。

けれど無情にも、俺のもとには城からお誘いの手紙が届いてしまった。手紙には、要約すると『王子の学友候補になったから一度来い』ということが書いてあったようだった。

父上と母上は喜んでいらっしゃった。

「お友達いっぱいできるといいわねぇ」

というような調子だったから、俺も行きたくないとは言えなかった。

それでも、あくまで最初の召集は学友〝候補〟でしかなかった。あくまで形だけという雰囲気ではあったけど、一応面接のようなものはあった。家柄で考慮してるとはいえ、あまり阿呆《あほう》が殿下の側にいては困るということだったのだろう。

この時、俺は一瞬迷った。

ここで相手の神経を逆撫《さかな》ですれば、上手くいけば面倒な現状から遠ざかれるかもしれない、と。基本的に面倒なことは嫌いだ。しかし、それはすぐに思いとどまった。ここで変な回答をし、家に帰ってから父上や母上に怒られるのもとても面倒だと思った。いや、多分怒られるよりも妙に心配されるような気がしたから、ということもあるけれど。

結果、俺は見事に殿下の学友の仲間入りを果たしてしまった。もちろん全然嬉しくはなかった。

学友の仕事は数日に一度、他に選ばれた数名の子供たちと共に殿下と勉強をすることだ。

それが大変栄誉あることだとは何となくわかっていた。けれど、五歳の俺には自由時間だったはずの時間を拘束《こうそく》されることが素晴らしいとは思えなかった。もちろん普通の大人であれば人脈作りの場だと考えられるだろうが、生憎《あいにく》まだ俺は子供だった。それに、打算より好き嫌いで付き合いを判断している節もあるフラントヘイム侯爵の息子だ。そんなつまらないことに執心できるわけもなかった。……まぁ、それでも友人ができて嬉しかったことは否定しないけど。

学習会では、座学《ざがく》だと主にディベートの練習、実技だと体術や剣術、それから魔術の基礎練習を行うことになっていた……なんていっても、実際にそれがまともな形になったのはそれから数年経ってからのことなんだけど。幼児の頃は、一緒にゲームで遊んで、美術品の解説を一緒に受けたり、絵を描いたり、体操のような運動をする程度だった。

俺が殿下を初めて見た時の印象は、〝ずいぶん大人しそうだ〟というものだった。休憩時間は空を眺《なが》めていることが多い。あとは、素直だということだ。誰かに負けても癇癪《かんしゃく》を起こすことはないし、自分から人に話しかけることもほとんどなく、割とぼんやりしたヤツだとも思った。

一方で、負けず嫌いでもあることはすぐにわかった。最初のほうは、殿下はよくゲームで負けていた。運動だってあまりできる方ではなかった。しかし、それも本当に最初のほうだけだった。

そんな風に俺は殿下の様子を窺っていたが、だからといってすぐに殿下と仲良くなったわけではなかった。

俺だけじゃない、他の奴もそうだった。少なくとも最初の一年は、若干距離を置いていた。

別に遠ざけたいというわけではないのだが、殿下は自分からあまりしゃべらないし、こちらは臣下の身分だ。学習会の解散後、〝あまり馴《な》れ馴れしくしないように〟と時折見知らぬ大人に声をかけられたこともあった。どちらかといえば、その忠告に従ったというより、俺自身が何となく殿下と波長が合う気がしなかったからしゃべらなかっただけなんだけど。

だから、一年経っても殿下は俺にとって〝一緒に勉強してるだけの王子様〟だ。必要最低限の付き合いしかない、学習仲間。ただそれだけだ。

しかし俺と殿下がそんな微妙な間柄であっても、俺が殿下の学友であることは自然と周囲に伝わっていた。

「ねぇ、ヴェルノー様。王子様と一緒にお勉強なさってるって、本当ですの？　王子様とはどのようなお話をされているのですか？」

父上に連れられ貴族の屋敷に出向いた際、そこに俺と同じ年頃の令嬢がいればよくそんなことを尋ねられた。

ああ、これが〝テイサツ〟っていうやつなのか。

幼子《おさなご》ながらそんな言葉をよく知っていたなと思うが、素直に俺はそう思った。けれどそれがわかっていても、俺は決して大したことは言わなかった。別にそれは意地悪からではない。

「殿下は静かな方だから、あまり周囲とお話はなさらないよ」

だって実際に喋れることなんてなにもなかったし、仕方がないのだ。

けれど、俺の返答にご令嬢は明らかにがっかりしていた。まあ、当然だと思うけど。

「ごめんね」

「い、いえ、そ、そんなことはございません！」

俺の言葉で、大体ご令嬢は慌ててかぶりを振るし、すぐにその表情を改めた。

王子様って肩書はそんなに魅力的なのかな。

もちろん、この国の基礎を築いた王家は尊敬に値《あたい》すると思ってはいた。けれどあの殿下が尊敬すべき人なのか、正直いえばよくわからなかった。運動も勉強も頑張ってるとは思うし、賢い人なんだとも思うし、悪い奴じゃなさそうだと思うけど、その実態が……普段、殿下が何を考えているのかよくわからなかった。

それでも、令嬢たちはこぞって俺に殿下のことを聞く。

王子様は王子様でも、あの王子様は絵本に出てくるような王子様ではなくて、何を考えているのかよくわからない王子様なのにと、いつも俺は不思議に思っていた。

そんな状況は俺だけじゃなかった。

「なんだ、マルイズのところもそうなのか」

「うん。でも僕は君ほど女の子に会わないから、そんなに多くはないけどね。もうちょっと妹が大きくなったら聞かれるかもしれないけど、やっと一歳になったばかりだし、まだ考えたくはないけどね」

殿下と大して話をしないまま一年が経過したある日、俺は同じく学友であり父と同い年の伯爵の息子であるマルイズと話をしていた。

内容は令嬢との殿下についての会話のことだ。俺の話にマルイズも概《おおむ》ね同意してくれた。まあ、多分妹の話は、マルイズなりの冗談なんだと思う。もしくは妹馬鹿予備軍だ。

「もっとも、もしお話しさせていただけてたとしても、殿下のことをああだこうだって人に話すのは違うと思うんだ」

「ああ、そうだよな」

「そう考えると、嘘をつかないでいい状況には助けられてるのかもしれないね」

「まあ、確かになぁ」

誰かが抜け駆けするでもなく、本当に〝一緒に勉強する子供〟そのものとして過ごす日々が良いのか悪いのか、俺にはよくわからなかった。ただ、俺も不便なわけでもないからそれでもいいかな、なんて思い始めていた時だった。

「あ、猫だ」

「猫？」

回廊のすぐそばの木々の向こうに、白い猫が尻尾《しっぽ》を立てて歩いているのが目に飛び込んできた。

「……ちょっと追いかけてくる」

その時、その猫がどうして気になったのかはよく覚えていない。多分、いつも通る場所で初めて見る存在に興味を引かれたんだと思う。

「ヴェルノー、帰らないと怒られるよ」

「父上は今日、会議があるって話なんだ。だからどうせ帰り遅いし、怒られないよ」

「母君《ははぎみ》に怒られても知らないし、僕は怒られるから行くよ。あんまり奥まで行ったらだめだよ！」

「わかってるって！」

マルイズが嫌がるのを放って、俺は回廊から庭へ飛び出した。猫は俺が見つけた時から歩調を変えることなくスタスタと進み続ける。俺は走ってそれを追いかけた。

けれど、俺はその白猫を途中で見失ってしまった。

「……確かこっちだと思ったけど」

噴水のあるその場所に、俺はそれまで近づいたことはなかった。思ったよりも城の奥まで来てしまったのかもしれない。

そう思いながらも猫が気になり、その場をゆっくりと歩き……予想外の人物が噴水の反対側に座っていたことに気が付いた。相手も俺の登場は予想外だったらしい。

「あれ？　奇遇だね。こんなところで会うなんて」

「……殿下」

そこにいたのは件《くだん》の白猫を抱いた殿下だった。白猫はクワァアと欠伸《あくび》をしていた。

俺は思った。猫なんて追いかけてくるんじゃなかった、と。

けれど、殿下に話しかけられておきながらそのまま下がるということもできなかった。呑気《のんき》な猫が恨めしい。

「……その猫は、殿下の飼い猫なのですか」

「ううん。この子は多分、街の子だよ。ここには散歩に来てるだけだと思う」

共通する話題なんてとっさに浮かばなかった俺は、その元凶である猫の話を振ってみた。

結果、会話はすぐに終了した……かに思えた。

「君は猫が好きなの？」

「え？　……好き嫌いというより、興味があります」

「じゃあ、抱いてみる？」

「い、いえ。別にそこまでは……」

終了するかと思った会話は、殿下によって紡《つむ》がれ続けた。けれどその言葉も、俺が続けることはできなかった。

正直、不思議だった。小言を言ってくる面倒な大人に答えるときと同じように、適当に答えることだってできるはずなのに、それができなかった。それは単に相手が殿下だから、と無意識に委《い》縮《しゅく》してしまったのか……いや、それはないかと思った。多分、殿下から悪意や敵意といったものが何も感じられなかったからだと思う。

上手く応えられない俺に、殿下は苦笑していた。

「ごめんね、つまらないでしょう」

「いえ、ご厚意はありがたく……」

「ちがうよ、今の話じゃない。学習時間……というよりは休憩時間かな。私がいると、君たちも好きなように喋ったりはできないよね」

極々自然に言う殿下の言葉に、一瞬思考が追いつかなかった。

「そんなことはありません」

「気を遣ってくれて、ありがとう。でも、知ってるよ。だからごめんね」

どこかで見ていたということなのだろうか。心当たりがないわけじゃない。マルイズと回廊を歩くときは気楽な口調で喋っていた。そもそも殿下は責める風でもなく、むしろ本当に申し訳なさそうにしていたので、何とも返事をし難《にく》かった。

ただ、頷くだけではいけないとも思った。

「殿下。共に学ばせていただいております皆は、いずれ殿下の家臣としてお仕えすることになるでしょう」

「うん」

突然の俺の言葉に、殿下は戸惑っていた。俺自身も「何言ってるんだろ、俺」と思った。けれど、中途半端に言い始めた言葉を途中で止めるわけにもいかなかった。

ああ、どうにでもなれ。そう思いながら言葉を続けた。

「ですが、私たちは殿下のことをあまり存じ上げません。ですから、ひとつ提案があります。明日、皆に菓子を振る舞っていただけませんか」

「お菓子を？」

「私たちも殿下とお話をしたくないわけではないのです。ただ、王家は私たちとは違うと教わってきています。だから、殿下も我々と同じだと感じられるきっかけがあればと思います」

正直、さっきまで思ってたことと逆じゃないかと自分で思っていた。今のままでも不便はないし、殿下と話したいと思っていたわけじゃない。

でも、なんだか距離があることに申し訳なさを感じている学友をそのままにしておくのはどうかと思ったのだ。

俺の言葉に、殿下は小さく唸った。

「そんなことで上手くいくものなのかな」

それは俺自身も思っていた。この一年間、全く近づかなかった距離が菓子の一つや二つで縮まるなどあり得るのだろうか、と。ただ、その場でほかの案を思い浮かべることができなかった。

「皆、単純ですよ。今だって、猫一匹でこのようにお話しさせていただくことができているくらいなのですから」

たとえ上手くいかなかったとしても、何もしないより前進する可能性はある。だから大丈夫――だと、俺は自分に言い聞かせた。それに、少なくとも別に何も悪くない殿下が〝自分が悪い〟と思っている状況は解消した方がいい。

「そっか。じゃあ、母上に相談してみよう」

どちらかといえば殿下は納得したという様子ではなかった。ハッキリ言えば、俺に押し切られただけにも見えた。


それでも翌日、殿下は少し大きめのクッキーを休憩時間に皆に振る舞った。

突然の出来事に、皆一様に驚いていた。そして、たかが一枚のクッキー相手に怖々《こわごわ》とした面持《おもも》ちをしていた。

異様に張りつめた空間だったと思う。

でもそれは、時間にすれば一瞬だった。たとえ口にするときに恐れおののく様子であっても、実際にそれが余りに美味しく、意識を奪われてしまえば緊張し続ける方が無理だった。

それほど、そのクッキーはとてつもなく美味しかった。

「殿下、もう一枚いただいてもいいですか?」

「たくさんあるから大丈夫だよ」

遠慮なく二枚目を欲しがるヤツも出てきたし、一口齧《かじ》ったあとにそれをじっと見つめているヤツもいた。

殿下は、子供たちの中心にいた。

最初は皆のあまりにわかりやすい反応をせわしなく追っていた殿下も、肩の力を抜いたようだった。目が合った時、殿下から何か伝えられたような気がした。もっとも、それは殿下も菓子が好きなのかというやや興奮気味の声によってすぐに遮《さえぎ》られてしまったけれど。

でも俺としては学友たちが「こんなにすぐモノにつられるヤツらで大丈夫か」と思わないこともなかった。まあ子供だし、将来仕える主《あるじ》からの贈り物だし、セーフだとも思うけど。

俺はその日の学習時間後、前日に殿下と話をした噴水まで歩いた。

殿下は先にそこにいた。その日も白猫を抱いていた。そして俺が近づくと、猫と殿下は同時に俺に気が付いた。

「うまくいきましたね、殿下」

「ありがとう。ヴェルノーのおかげだね」

腕の中で暴れ出した猫を下ろしながら、殿下はゆっくりと立ち上がった。

「そんなに難しいことじゃないんだって、知らなかったよ。疑って悪かったね」

「いえ。殿下が、皆が好む菓子を選んでくださったおかげです」

実際それに尽きるだろう。皆も一度は食べたことがあるだろうクッキーだから、親近感が湧いたということもあると思う。それに俺だって、本当に上手くいくなんて思ってなかったし……なんて絶対に白状するつもりはなかったけれど。そんなことを俺が考えていた間も、殿下は微笑んでいた。

「じゃあ、母上に感謝しないとだね。でも母上は言うと思うよ。それならヴェルノーに感謝しなさいって。教えてくれたのはヴェルノーなんだから」

「……」

バツが悪いだけではなかったと思う。多分、照れくさいという感情が混ざっていた。「もったいないお言葉です」と返したはいいものの、動揺からすこし棒読みになってしまっていた。とはいえ、殿下はそんなことに深くつっこんだりはしなかった。

殿下はゆっくりと歩き始めた。なんとなくついて来いと言われている気がして、俺もそれに合わせて前に進む。殿下が進んだ先は、庭園だった。

「本で読んだことはあったから、〝友達〟っていう言葉は知っていたんだ。でも、それがどういうものか、実際に私にもできるものなのか、それは本だけではよくわからなかったんだ」

そんなことを言いながら、東屋《あずまや》に入り腰を下ろす。俺はそのそばで立ったまま、その言葉の意味を考えた。

「……確かに王族と友達なんて、とてもおこがましいと思いますね」

殿下に申し訳なく思ってもらうのは不本意だが、友人と名乗るのは勇気がいる。その思いを正直に口にすると「くっ」と殿下が小さく漏らし、そして続けざまに腹を抱えてそれを無理に抑《おさ》え込もうとしていた。

「ヴェルノーって面白いね」

「そうですか？」

「うん、ハッキリ言ってくれるから面白い」

面白いことなんて言った覚えは何一つない。この王子は、一体どこに笑いのツボを抱えているんだ。殿下はひとしきりその様子を続けた後、大きくのけぞって言ってみせた。

「めんどうだね、王族って」

「……」

そうは思うが、肯定をしてはいけないだろう。ただ否定することもできはしない。ただただ反応に困る一言だ。けれど殿下は俺を困らせたかったわけでも、ナーバスになっていたわけでもなかったようだ。

「でも、そのおかげでヴェルノーと友達になれたんだ。ありがたいと思わないとね」

「………」

「何か言ってよ」

「何か、と申されましても」

たった今、おこがましいと思うと言ったばかりなのに。殿下もそれを承知で面倒と言っていたのに。それを思えば俺も肩をすくめることしかできなかった。

けれど悪い気はしなかった。殿下も笑った。

「ヴェルノーも、私にできることがあれば言ってくれたらいいよ」

「殿下、簡単にそんなことを仰ってはいけませんよ。どんな無茶を要求されるかわかりませんからね」

もちろんそれも悪い気はしなかったが、聞き入れてもらえるかはわからない忠告を一応しておいた。しかし殿下は首を傾げた。

「ヴェルノーは無茶を言うのか？」

「……言いませんけど」

「ならいいじゃないか」

そういう問題ではない。あくまでそれは結果論であって、俺だって好き放題を言う可能性だってあったんだ。だがそんな俺の反応は口にするまでもなく伝わった。殿下は笑みを崩さず、俺に言葉を返した。

「大丈夫だよ。それに、もしも無茶を言われたらできないと言うだけだ。私にできることといえば……そうだね、東の塔に一緒に登らないか、と誘うことくらいかな？　すごく景色がいいんだよ」

「え、いいんですか？」

「うん」

思いがけない誘いに、俺も思わず反応してしまった。無意識に寄せていた眉間《みけん》の皺《しわ》も消えてしまうくらい、魅力的な話であったのだ。

不用意に王城をウロウロすることは許されることじゃないけれど、殿下の案内なら咎《とが》められることなく堂々と城の探索ができる。

「友人と一緒にいるのは、怒られることじゃないだろう？」

ちょっと現金だったかなと今でも思う。でもこの機会を逃したら、もう二度とこんなチャンスは巡ってこないだろうと思った。

「お願いします、殿下」

素直にお願いすると、殿下は楽し気に頷いた。

そして俺たちはそのまま塔に向かった。心地よく吹き付ける風を受けながら見下ろした城下町は、とても広く輝いていた。

「どう？」

「想像以上です」

殿下の声は風にさらわれて、はっきりとは聞こえなかった。それに、俺の言葉も伝えられなかったと思う。でもそれは確認できなかった。俺もその風景から目が離せなかったから。

「この綺麗な国を、私は背負っていくことになるんだよね」

街を見下ろしながら呟く殿下の言葉も、風音に流されている。けれどそれは不思議と耳にも届いた。決して大きな声ではない、自然とこぼれたに過ぎない言葉だったと思う。それでもしっかりと聞こえてしまった。

なんとなく、こいつを支えるっていうのも悪くないかもしれない。

殿下の横顔を見ながら、俺はもう少し殿下と話してみたいなと思った。


そうして話すきっかけを得てから、俺と殿下は学習時間以降も一緒にいることが多くなった。約束をしているわけではないが、大体は噴水前が待ち合わせ場所だ。隠しているわけではないけれど、あえて殿下と話す時間を持っていることは他の学友には言わなかった。聞かれたら答えるつもりではあったのだが、聞かれることはなかった。それでも恐らく気が合っていることは周囲には伝わっていたと思う。それでどうこう言われたことはなかったし、どちらかというと橋渡し的存在だと認識され、感謝されているようだった。

でも、それは子供の間のことだけだ。俺と殿下が仲良くしていることを知ると、とても気分を悪くする大人はいた。

「フラントヘイムのご子息は殿下と随分仲良くしていらっしゃるようですが、臣下であることを十二分に自覚されることが大事ですぞ」

顔をしかめた大人から、面と向かってそう言われたこともある。だからといって俺も大人しく頷くわけがなかったんだけど。

「殿下のご好意でお側におります。理由もなくお断りするのは失礼かと思います」

俺は「ほっとけオッサン」という気持ちをごまかすことはしなかった。でも、この頃噂になった『フラントヘイムの子供は可愛げがない』という話はその返答が原因だったと思う。だから俺は周囲により愛想よく振る舞うよう心掛けることにした。

すると、噂は割と早々に鎮火していた。ざまあみやがれ。

周囲がそう気付くくらいなのだから、当然父上も俺と殿下が話をする仲になっていることに気付いていた。そもそも、コンスタントに帰りが遅くなることも気付かれる原因の一つではあったと思うけど。

父上は楽しそうに俺に尋ねた。

「殿下と仲良くなったそうだな。拳《こぶし》で語り合ったのか?」

もちろん父上なりのジョークであった可能性はある。その突飛《とっぴ》な言葉に俺の頬が引き攣ったのも察して欲しい。

「いいえ。お話は致しますが、それはあり得ません」

「なんだ、違うのか。だが多少やんちゃが過ぎても、私は互いが納得できるなら咎めないぞ。私もエルヴィスとわかり合うまでは何度剣を交えたか。まぁ、勝てる勝てないはともかくとしてだな」

「父上、私は殿下相手にやんちゃをする勇気はございません」

なぜか型破りであることを推奨する父上に、俺は向けるべき表情を見失う。生憎、俺は勝てない戦《いくさ》はしない主義だ。殿下に勝てないかどうかは判断つかないが、過去に何度か打ち負かされたことがあるらしい父上と似たようなことはしないと思う。

そもそも口にした通り、殿下相手にやんちゃなど後が恐ろしすぎてできるはずがない……なんてその時は本当に思っていた。


だから、数日後に殿下が多少とはいえ〝やんちゃ〟を提案したことに驚かされた。

「ヴェルノー、今日は城の地下にいってみないか?」

その日、殿下はいつも通り学習時間の後の噴水前で俺にそう提案した。

「地下、ですか?」

「ああ。古いんだけど、不思議な模様が書かれていて面白い場所があるんだ」

城のあちこちはだいぶ探検したけれど、地下にはまだ足を踏み入れたことはない。そもそも地下の存在も知らなかった……いや、これだけ大きな建物なのだから当然あるとは思っていたけれど、どういう場所なのか全く想像していなかった。

「見てみたいですね」

いつも通り、俺も迷わずに答えた。殿下はすぐに「なら早く行こうよ」と俺を急《せ》かす。その急かし方はいつもより少し慌ただしかったが、別に訝《いぶか》しむほど妙なわけではなかった。

ただ、そうして動いていると少し離れた所から俺たちを見ている大人も動くのが目に入った。別に誰に見られていようが驚くようなことではない。

相手は殿下だ。俺が殿下に危害を加えないよう誰かが見張っていても不思議なことではない。むしろ一定距離を開けて見られているということは、ある程度信を得ているということなのだから……なんて考えながら角を曲がると、殿下は急に俺の腕を引っ張った。そしてメインの通路から逸れる細い廊下へと突き進む。

「殿下、こちらは地下では……」

「こっち、大丈夫」

いや、大丈夫じゃないと思う。絶対あの衛兵、角を曲がった瞬間に顔を青くしたはずだ。やんちゃをする気はない……そう父上に言ったが、殿下のやんちゃに巻き込まれた。そう思った。

しかし殿下は速度を緩めなかった。

「大丈夫だよ、あの人、父上のご指示で私を見てるわけじゃない。だから平気」

「ですが」

「それに、今日は元々地下へ行くつもりはなかったんだ」

そう言いながら殿下は俺もよく知っている道をどんどん進んでいく。そこは、一番初めに殿下と登った東の塔へ続く道だ。

塔の入り口をくぐると頂上まで一気に駆け上がる。一番上までたどり着いた時には、二人して息切れを起こしていた。

「やっぱりここは風が気持ちいいね。なにかお菓子を持って来ればよかったよ」

「……そうですね」

「そういえばまだ聞いていなかったんだけど、今度ヴェルノーが好きなお菓子を教えてくれないかな。用意するよ」

「できれば今は菓子より水が欲しいですね」

「そうだね、私も水が飲みたいよ」

そう言いながらも、殿下はすぐに塔を降りるつもりはないようだった。壁に背を預け、ゆっくりと腰を下ろした。そして空を見上げていた。

「やっぱり塔くらいじゃ、空は近くならないね」

「……まぁ、地下よりは空に近づけると思いますけど」

「ごめんね、騙《だま》すつもりはなかったんだ。地下はまた案内するよ。でも、今日はあまり大人に話を聞かれたくはなかったんだ。ゆっくり話せないから」

そう言う殿下の隣に俺も座った。殿下を見下ろしながら話すのもどうかと思ったからだ。そして殿下と同じように空を仰《あお》げば白い雲がゆったりと流れているのが目に入る。

「……確かに、空、高いですね」

別に俺だってどうしても地下に行きたかったわけではない。だから殿下がそう思ってるなら、それで構わないんじゃないかと思った。大人に聞かれて困る話などしてはいないけれど、確かに気にならないわけではない。

「ヴェルノーは街にいったことがあるかい？　私はここからと、馬車の中からしか覗いたことがないんだ」

「街ですか？　父上が連れていってくださることはあります」

大人から離れて何を話したかったのか、そう思っていると殿下は眺めた空とは全く関係のないことを口にした。

街。

確かに塔から眺めることが多いなら、自由に歩いてみたいと思うのも自然であると思う。殿下の外出はほとんど陛下たちとご一緒だ。行きたいところに行けるわけじゃない。俺も父上に連れられて歩いてるだけだけど、それでも行きたいところを口にすれば大概は叶えてもらえる。

「もしよければ、ヴェルノーが見聞きしたことを教えてくれないかな？」

「私がですか？」

「うん」

「私の主観が、先入観になるかもしれませんよ」

別に殿下に言うことが嫌なわけじゃない。それでも、変な先入観を植え付けてしまうかもと思うと、多少尻込みすることもある。ある程度仲が良くなってるとはいえ、殿下は殿下だ。

けれど、殿下は俺の方を見ずにただ空を見つめながら笑っていた。

「それでも知っていて損なことでもないだろう？　私も、いつか見てみたいんだ」

「……まあ、話をするくらい、私にもできますけど」

けれど、そこでふと思った。

そう、話すくらいは問題ない。けれど将来「一緒にお忍びしてみたい」なんて言われたらどうしようか、と。ニコニコした殿下が唐突に言い始めてもおかしくないとふと頭をよぎったのだ。けれどさすがにそれは考えすぎか、と俺は思いなおした。

でも、まぁ。

もしも殿下が行きたいと言うのなら、俺も止めはしないと思った。多分、殿下は自分がやりたいと思ったことは周りから止められてもやめないと思う。むしろ俺は、殿下が妙に浮かないようにお忍びを先に習得してしまわなければいけないなと思った。だって放っておいたらこの殿下、どこに行ってしまうかわからないし。

「殿下は、もう少し大人しい方なのかと思ってしました」

「私もヴェルノーはもう少し堅苦しい人なのかと思っていたよ」

互いに、初めて会ったころと今の印象はだいぶ違うらしい。けれど互いに「予想通りの方が良かった」なんて思っていないだろうから、それは幸運なことだった。

まあ、その二年後に俺が殿下を『ジル』と呼んでるなんて、その時は全く予想していなかったんだけど。


「ヴェルノー。さっきからぼんやりしてどうしたんだい？」

「ああ、いや。別に」

そこまで色々と思い出した俺は、目の前の大きくなったジルを見て軽く首を振った。

別に隠すようなことではないが、あえて言うようなことでもない。むしろストレートに「お前のことを考えていた」なんて言えば誤解に繋がる……というか、俺が聞いてもちょっと引く。いや、だいぶ引く。

「なあ、ジル」

「うん？」

「今から、久しぶりに塔に登ってみないか？」

まあ、これだけでも大概伝わってしまうだろうけど。

そう思っていると、案の定ジルは少し面食らった後に、「じゃあお菓子と水でも準備しようか」なんて笑っていた。

第十五幕　焦げ茶の髪の少女

フラントヘイム家の夜会から数日後。

コーデリアはいつも通り研究室に籠《こも》り、精油のこと考えていた。

（サーラ様が好まれそうな香り、サーラ様が好まれそうな香り、っと）

夜会の三日後、コーデリアはニルパマに連れ去られるように誘われ再びフラントヘイム家を訪ねた。たっぷりの菓子とともに夫人に迎えられたコーデリアはまずは甘い物を楽しみ、ニルパマとサーラの会話を観察し、それから自らが持っている薔薇以外の精油を全て披露した。

「どれも素敵な香りね」

「お気に召していただけましたか？」

「ええ。どれも試してみたいと思うけど、どれからにするかも迷うわね」

「一応、少量ずつですが香水や香油にしたものも持ってきたんです。こちらをお試しいただければと思います」

「ありがとう。とても嬉しいわ」

サーラは言葉通り本当に嬉しそうだった。けれどコーデリアはそこで少し引っ掛かりを覚えた。

ひょっとするとサーラは今の手持ちの香りを全部好んでいるのではなく、単にピンとくるものがないだけなのではないか、と。

そう思ったコーデリアは目に魔力を集中させ、すぐにサーラの纏う魔力の色を見た。そしてその色合いを覚え、その魔力の色に似合うブレンドを考えていた。

(もちろんサーラ様はブレンドしなくても喜んでくださると思うけど、より喜んでいただけるなら試す価値はあるものね)

先に渡したものは一通り使ってもらえるだろう。今も彼女が好むブレンドを考えてはいるが、使用後の感想を聞きながら彼女の好みを探すほうが近道になるかもしれない。しかし本格的にブレンドを考えるならもう少し精油の種類も欲しいところだ。書庫で新しいハーブの生息地を探すべきだろうか？　どこから手を付けていくべきかコーデリアにとっては非常に悩ましい。

(あとは……香りとは直接関係ないけど、精油を入れている茶褐色の飾り気のない瓶はもう少し可愛いものにかえても良いかもしれないわね)

変質防止のために色は簡単に変えられないかもしれないが、ラベルで工夫するなどいくらでも方法はある。現在使用している瓶は使いやすいが、素っ気ない。

そう思いながらコーデリアはテーブルの上の小瓶を一つ手に取った。

「……ねえ、お嬢様」

「どうしたの？　ロニー」

「ちょっと根《こん》詰め過ぎじゃないですかね。いつにも増して、ここ数日椅子に座ってる時間が長いですよ。ちょっと休憩したらいかがです？」

そうロニーに言われ、コーデリアは首を傾げた。根を詰めているつもりなんて毛頭ない。

しかし、首を動かした際に少し肩が固まっている気もした。どうやらロニーの言うことに間違いはないらしい。

（思っていたより、王子サマとの遭遇に気を取られていたのかしら）

殆《ほとん》ど喋ることもなかったし、回避への道を再確認したという点ではむしろ安心を覚えたつもりだったが、どうやら自身の中に在《あ》る苦手意識は自らの予想すら大幅に超えていたらしい。

（でも、人生がかかっているのだから仕方がないわよね）

果たして王子の目にコーデリアは〝普通の令嬢〟と映ったであろうか。そんなことも少し気掛かりだが、今のコーデリアにそれを知るすべなど存在しない。もちろんヴェルノーに聞けばある程度わかるかもしれないが、誤解を受けたり、それ以上にからかわれる可能性を考えれば聞けるわけもないのだ。

「お茶の用意でもしてきますよ。お嬢様はとりあえず休んで……」

「失礼いたします、コーデリア様」

「エミーナ？　どうぞ」

ロニーの言葉の途中で部屋がノックされ、コーデリアは入室を促した。

「お客様がお見えでございます」

「お客様？　私に？」

「はい。アイシャ様がお見えです」

その言葉に、コーデリアは急ぎ立ち上がった。アイシャのアポなし訪問はこれで二度目だ。また手紙も出せないくらい急ぎの用事があったのだろうか？　そうコーデリアは不安に思いながらも応接間へ向かった。

応接間ではアイシャがソファーに腰かけることなく、窓の外を見ていた。

「お待たせいたしました、アイシャ様」

「お久しぶりです、コーデリア様」

「今日はいかがなさいました？」

挨拶の次にこれではいささか急すぎるとは思ったが、コーデリアとしては気が気ではなくそう尋ねてしまった。するとアイシャは目を大きく見開き、それからとても真面目な顔をして言った。

「そう、大変なことが起きたのです」

「一体何が……」

「なんと……王都で今一番行列ができるお店の限定カスタードパイを入手してしまったのです。ですから、一緒に召し上がりませんか？」

「そ、それは大変なことですね……」

一瞬足が崩れるかと思ったコーデリアだが、確かに大変なことである。

生菓子は賞味期限が短い。急に入手できたのならアポなしでも仕方がないだろう。コーデリアもこのパイの話はロニーから聞いていたが、食べられるとは思ってもいなかった。

いかんせん行列が長すぎるのだ。春とはいえ日差しが厳しい中、使用人に「例の行列に並んで買ってきて」などとはコーデリアにも言えない。

ちなみにロニーがそのパイのことを知っていたのは、魔術師棟のお姉様方から買ってくるよう命じられていたかららしい。そして行列の話を聞いて、コーデリアの手伝いを理由に逃げたらしい。

「お茶を用意させますわ。こちらも切り分けさせていただきますね」

「ありがとうございます」

そう言いながらコーデリアはエミーナにパイを預けた。しかし実に楽しみだ。どれほど美味しいパイなのだろう。

「コーデリア様、パイを待っている間にもう一件よろしいでしょうか?」

「どうされましたか?」

「今日のとても大事な用事はパイなのですが、もう一つ用件がございます。実は父からコーデリア様宛に手紙を預かってきております」

「ジーク様から私にですか? 何でしょう?」

「私にもわかりませんが……私は気に致しませんので、今お読みいただいても大丈夫ですよ」

「では、遠慮なく」

コーデリアは封を切り、その中身を取り出した。紙は二枚重ねになっていたが、実際に書いてあるのは一枚目だけだ。挨拶から始まった手紙には力強い文字が並んでいた。

コーデリアはその文字を目で追い、そして思わず息を止めた。

『以前カイナ村で小麦を買い付けていた商人ですが、どうやら闇《やみ》ギルドとつながっていたようです。商人自体は使い捨ての駒だったようで詳細は不明ですが、村への心配はおそらく不要です。念のため兵を派遣し駐留させておりましたが、村が取り引きを止めたことに対する報復などを目論《もくろ》む様子は、今のところ認められません。むしろ、村に関してはもう手は出さない可能性が高いとも考えられます。金を求める彼らが金のなる木を自ら切り倒したりはしないでしょう。

ただ、彼らは邪魔だと思うものを排除したがる傾向が強くあります。エルディガでお嬢様のことを嗅《か》ぎまわる輩《やから》も報告されています。不安を抱かせないため、このことは一部の者にしか伝えておりませんが、エルヴィス様よりコーデリア様にもお伝えする許可をいただきました。現在こちらへの実害はございませんが、何卒《なにとぞ》お気を付けくださいませ』

「……コーデリア様？　父が何か失礼なことを？」

「いえ、そんなことはありませんわ。ただ、しばらくあちらへ赴《おもむ》けていなかったと思うと、また行きたいと思ってしまったのです」

アイシャの不安そうな発言を、コーデリアは笑ってごまかした。

（闇ギルド……）

闇ギルドという存在を今まで聞いたことがないわけではない。

自らの欲のままに生き、そのためなら道徳など捨て去る者が集《つど》う場所。そういう風に兄のイシュマからも聞いたことがある。いくつかの集団を総称してそう呼ぶとのことだが、今のところ幸いにも出会ったことはない。

（過去には革命と称したクーデターを仕掛けようとした話もあったって聞いてるし……人を騙したり、不法に集めたりした資金で何が革命なのかしら）

しかしその場でコーデリアがあまり考える時間はなかった。

とても美味しそうに切り分けられたパイが紅茶と共に登場したからだ。

「まぁ。見て、コーデリア様。切り口から果物が覗いているわ。おいしそう」

「では、いただきますね、お姉様」

「ええ。たくさん召し上がってくださいませ！」

そうしてパイを食べている間、コーデリアはアイシャと他愛もない話をした。

けれど手紙のことが頭に引っ掛かり、どうしても純粋に話を楽しむことはできなかった。

そうしているうちに時間が経ち、家路につくアイシャをコーデリアはエントランスで見送った。

（いやなことを考える人間はどこにでも存在するのね）

自分は間違ったことはしていない。何があっても、受けて立つしか道はない。

（お父様が私が知っても構わないと思ってくださったのは、私に対処を考えさせるためでもあるはずだわ）

どう動くか、そしてどういう協力を周囲に求めるか。より確かな情報を得た時にはよく考えなければならないということだ。

王子遭遇に続く厄介事の可能性に、コーデリアは一人長い息を吐きながら応接間に一旦戻った。

そして、ソファーの上にアイシャのものであろうイヤリングが落ちていることに気が付いた。

今からならまだ間に合うかもしれない。そう思ったコーデリアは少し急ぎ足で門に向かった。間に合わなかった時は誰かに頼んで届けてもらおう……そう思いながら進むと、コーデリアの耳に子供の叫ぶ声が届いた。

現在、パメラディア家に子供は自分一人なので、そんな子供の叫び声など聞こえるはずがないのだが、声は間違いなく門の辺りから聞こえてきた。

何事だろう。そう思いながらたどり着いた門のところには、既にアイシャの姿はなかった。だが代わりに、コーデリアと同年代くらいの少女が立っていた。彼女は焦げ茶色の髪で、おかっぱ頭だった。

(珍しい髪型だわ)

一般的にこの国の女児の髪は長い。そして平民に比べ貴族の方がより長い。だが平民であっても肩まで届くか届かないかという長さは少々異様だ。たとえ幼子であっても、ひとくくりにできる程度には伸ばしている。

ただ、コーデリアはその髪型に〝珍しい〟と思う以外は〝懐かしい〟程度の感想しか抱かなかった。それに、今重要なのは髪型ではないのだ。少女に近づくにつれ、この騒ぎの原因がこの少女であることがわかってしまったのだから。

少女は、なんとパメラディア家の門番に噛みついていた。

「だから！　こんなに広いお屋敷なんだもん！　私にもできる仕事はあるでしょう⁉」

「ないと言っている。もしも必要な場合は旦那様が手配を命じられる」

「人手があって困るっていうの⁉」

どうやら少女は、パメラディア家への就労希望者らしい。

だが、それなら門番が軽くあしらうのも当然だとコーデリアは素直に思った。使用人として雇うには、少女はあまりに若過ぎる。その上貴族の屋敷が立ち並ぶこの場で叫び声を上げる程の者だ。紹介状がないどころか最低限の礼儀作法も知らないようでは、受け入れることはできないだろう。

随分粘《ねば》り強そうな少女ではあるが、断念してもらうほかはない。あまり長い間騒がれても迷惑なので、コーデリアは門番に加勢すべく少女のもとへ近寄った。そしてその過程で気が付いた。

（……珍しい子）

髪型や騒ぐ様子からそれはわかっていたが、それ以上に稀としか言えないような濃い魔力を秘めている。それは、身体に収まり切らない魔力が溢れているようにも見えた。

（貴族でなくともかなりの魔力を持っている人もごくごく稀にはいる……。ロニーがそれに該当するわ）

しかし、どうにも引っ掛かる。魔力が彼女の周囲に渦を巻いている。単に魔力が高いだけならこんな見え方はしないだろう。コーデリアには、まるで彼女が魔力を制御できていないように見えた。

「少し、いいかしら」

「今は忙し……って、コーデリア様！」

「お勤めご苦労様。珍しいお客様がいらしてるみたいね？」

「は……申し訳ございません」

少し気まずそうにする門番とは対照的に、少女は明るく声を弾ませた。

「あなた、このお屋敷のお嬢様ね！」

勢いよく指をさされたコーデリアは、にこっと微笑んだ。

「初めまして、お嬢さん。我が家で働きたいのかしら？」

「ええ、そうよ！　私、貧乏だから田舎《いなか》から出てきて……こんな大きなお屋敷だもの、お仕事だってあるでしょう？」

コーデリアはじっと少女と視線を絡ませる。少女の方もコーデリアの返答をじっと待つ。

「わかったわ。しばらく試用期間で、ということなら受け入れましょう。もっとも、私のお父様が許可をくだされればとの条件もつきますが」

「やったぁ！」

「えっ、コーデリア様!?」

「お父様には私からお話しするわ」

「しかし……」

「では貴方は、このお嬢さんに穏便《おんびん》にお引き取り願うことができるのかしら？」

「……」

冗談交じりのコーデリアの言葉に門番は真面目な顔で閉口した。まったく思い浮かばなかったのだろう。

「大丈夫。彼女の面倒を見てくれそうな人がいるでしょう？」

その言葉に門番は眉《まゆ》を寄せたが、やがて「あっ」と声が漏れていた。

「ひとまずこちらにおいでなさいな、お嬢さん。名前をお聞きしても？」

「カルラよ。よろしくね、お嬢様」

「……では、せめて私はそちらまでお嬢様をお送りさせていただきます」

そうしてコーデリアは門番とカルラと慣れた道を進み、そして慣れた温室を眺めながら研究室のドアを開け堂々と言い放った。

「ロニー、貴方の助手を連れてきたわ」

「はい⁉」

そして自身のための紅茶を淹《い》れようとしていたロニーを驚かせた。紅茶は奇跡的に零《こぼ》れなかったが、それを見た門番は額に手をやって呆《あき》れていた。


その夜、コーデリアは門番に告げた通りエルヴィスに事の次第を話そうと試みた。

コーデリアが執事のハンスにエルヴィスの都合を尋ねると、待つことなく書斎へと案内された。

状況は既にエルヴィスの耳にも入っているらしい。

コーデリアが入室すると、間を置かずしてエルヴィスが切り出した。

「使用人を一人雇ったそうだな」

「はい。門のところで騒いでいたので。ただしお父様の許可をいただけたらということと、試用であるとの条件はつけております。彼女の面倒はロニーに一任しようかと思っております」

そのコーデリアの言葉を聞いたエルヴィスはようやくコーデリアの方を向いた。コーデリアはその面持ちに緊張する。

「今日はアイシャが来たと聞いていたが、違ったか?」

「……ジーク様からのお手紙はいただいております」

エルヴィスの言いたいことはコーデリアにもわかる。たとえ平時であっても、素性《すじょう》が明らかでない人間を屋敷に置くことは賢い選択とは言えない。それを理解した上でカルラを招き入れたのなら、どう考えても愚《おろ》かな選択をしたとしか言えないだろう。仮にエルヴィスに「その頭はお飾りなのか」と言われても仕方がないとは思う。

しかしコーデリアも、問われている間は却下《きゃっか》だと言われているわけではないのだと理解している。今、この雰囲気に飲み込まれるわけにはいかない。

「あの子供……カルラと申しますが、彼女は非常に濃い魔力を秘めていますが、制御しきれておりません。魔力が暴走すれば、彼女自身どころか周囲を巻き込む自体になるやもと思い、少し様子を見たいと思いました」

「……私も見たが、あれは恐らく暴走しても無意識に他人を巻き込むものではない。仇《あだ》をなす可能性がある者を受け入れることに何の意味がある」

既にエルヴィスもカルラのことは目にしたようだ。

「本人には影響があるのですか？」

「……」

エルヴィスは答えなかった。いや、返答しなかったのか、それとも不確定であるため返答できなかったのかはわからない。しかしどちらであっても、それによってエルヴィスの結論が変わるものではないのだろう。ならばコーデリアに求められるのは、エルヴィスが納得できるだけの理由を示すことに変わりはない。

「私は、彼女が仮に闇ギルドとの繋がりがあろうとも驚きは致しません。もっとも、それならもっとうまい潜入方法はなかったのかと考えは致しますが」

「それで？」

「あちらの尻尾をジーク様はつかめていないと仰っております。ならば仮に彼女が闇ギルドの関係者だとしたら、これは一種のチャンスではないでしょうか。ここはパメラディアの家の中。私たちにアドバンテージがあります。もっとも、彼女が無関係であればそれはとても喜ばしいことだと思います」

もちろん彼女一人を招き入れることで屋敷の者には迷惑をかけることになるだろう。監視の目も必要だ。ロニー以外にも魔術師を彼女の警戒にあたらせなくてはならない。

（……なんて表向きはそんなことを言っても、本当は彼女のことが気になってるのが一番の理由な

んだけど）

直感だと言ってもそれで許可をされるとは思えない。だから直感に次ぐ理由をコーデリアは並べた。そしてしばらく無言でエルヴィスと見つめ合う。

「……あの娘を試用することは許可しよう。ただし、報告はお前からだけではなく他の者からも受ける」

「ありがとうございます」

恐らくコーデリアの考えなど、エルヴィスには伝わってしまっているのだろう。

長い間を経て与えられた答えに、コーデリアは深く一礼した。

翌日、コーデリアは朝食を済ませると研究室に向かった。

研究室の前に立ったコーデリアはまず中の様子に聞き耳を立てた。二人は何やら言い合いをしている……というより、カルラがロニーに何か怒っているように聞こえた。随分な騒がしさだなと思いつつコーデリアはノックもせずにドアを開けた。

「朝から何を言い合っているの。外まで声が漏れてるわよ」

「あ、お嬢様、おはようございます。聞いてくださいよ、このちびっ子ってば、こんな朝早くから仕事をよこせっていうんですよ。こんな朝早くから！　ですよ‼」

「お嬢様、聞いて！　ロニーってばお茶を飲まないと働かないって聞かないの！」

「はい？」

予想もしていなかった二人の主張にコーデリアは首を傾げた。そして時計を見た。ロニーが言うほど朝が早いわけではないが、憤《いきどお》らずにはいられないほど遅い時間というわけでもない。

「……張り切ってくれるのは良いことだけど、カルラはもう少し肩の力を抜いてくれて構わないわよ。まだロニーの始業時間ではないし、いつものことだから」

「でも……」

「ロニー、カルラにもお茶を淹れてあげてちょうだい。それから私にも一杯いただけるかしら？」

「わかりました、ちょっと待っててくださいね」

ロニーは飲んでいた紅茶を一旦置いて立ち上がった。そして戸棚から慎重にカップを取り出す。

そんなロニーを見るカルラはとても居心地が悪そうだった。

「……ねえ、本当に私も紅茶を飲むの？」

「あら、嫌いなの？」

「嫌いじゃないけど……」

口ごもるカルラにコーデリアは笑いかけた。なら問題ないでしょう、と。

そのやりとりを聞いたロニーも、茶葉を手に取りながら肩をすくめて笑った。

「ちびっ子は仕事をしたかったんじゃなくて早くお嬢様に会いたかっただけだろ？　ならお嬢様が来たならゆっくりしてもいいだろ」

「な……そんなことないわよ！」

ロニーの言葉にカルラは大きな声で否定した。思わず「あら残念。そんなことはないの？」とコーデリアがからかってしまうくらい派手な否定だった。

「ねえ、カルラは何のお仕事ができるのかしら？」

「……掃除かしら。洗濯はやったことないけど、教えてもらったらできると思うわ」

「掃除、洗濯ね。でも困ったことにロニーは掃除も洗濯もしないの。貴女はロニーの助手になるから……ロニー、何か頼みたいことはある？」

コーデリアはポットに湯を入れていたロニーに尋ねた。

「………………個人的な研究の記録係くらいですかね」

ロニーがたっぷりと間を置いた理由は、コーデリアも気付いている。

本当は何もないのだ。

ロニーにカルラを助手とするよう言いつけたものの、素人《しろうと》が助手をできる程ロニーの実務は単純ではない。だいたいコーデリアが頼んでいる内容に関わらせるわけにもいかないし、通常業務として行っている屋敷の警備や各種の魔術研究などは機密事項なので、簡単に触らせることもできない。

それがわかっていてロニーに尋ねたのだから、逆に仕事をロニーが提案できることに少し驚いた。

だがロニーの答えにカルラは眉根を寄せた。

「私、文字は読めるけど書けないわ。だから別のことにしてくれない？」

「……じゃあ、そうだな。魔法道具を動かす係はどうだ。湯沸かしなら洗濯にも掃除にも使えて喜ばれるぞ。俺の株も上がるし」

ロニーの再提案にはコーデリアも興味を持った。しかしカルラは不満気に顔をゆがめた。

「魔術なんて使ったことないわ。だから私には使えない……って、何よ、その顔は」

「いや、すごい顔してるなって思って」

「ホントに何なのよ⁉」

悪い悪いとロニーは軽く手を振るが、そんなことを考えている様子には見えなかった。もちろんロニーとて無駄に遊んでいるわけではない……と思うのだが、一体何を遊んでいるのだ。確かにカルラが凄い表情をしていたなとはコーデリアも思ったが、このままでは埒《らち》が明かない。

コーデリアは「落ち着いて」と二人の間に割って入った。

「ロニー、私からの提案よ。この子に文字と魔術を教えてあげてくれないかしら。魔力は見ての通り充分でしょう？」

「お嬢様、私は働きに来たのよ。魔術なんて習って何になるのよ」

すぐさま拒否の姿勢を示したカルラは嫌悪感を滲《にじ》ませた声でコーデリアに抗議する。しかしそんなカルラの頭をロニーがしがしと撫でた。

「ちびっ子、これも仕事だ。仕事を覚えるための仕事だな」

「ちびっ子ちびっ子言わないで！　だいたいお嬢様の身の回りのお世話なら、魔力もいらないでしょう⁉　ならそんなことしなくても……」

「お嬢様の身の回りの世話は侍女がいるからいらないの。それに、その口ぶりだとお嬢様の生活も全然知らないだろ。どっちにしても勉強しなきゃ仕事にならないんだから魔術でも一緒だ」

カルラはうつむいた。納得はしていないものの、反論はできないのだろう。とりあえず仕事が決まったことに、コーデリアはほっとした。

「じゃあ、決まりね。ロニー、貴方は今日からしばらくカルラの先生よ。半日は魔術の訓練を、そのあとは文字が書けるように教えてあげてね」

「お嬢様がそうおっしゃるなら、できるところまではしますけどね」

ロニーの言葉はいつも通り多少面倒だということを滲ませているが、それ以上にコーデリアを窺《うかが》う様子が滲んでいた。何考えてるんですか、と。

そう言っている気がしたので、コーデリアは笑顔を返した。しばらく様子を見てて、と。


それから十日が経った。

今日も、ロニーによるカルラのための魔術教室及び文字学習教室は研究室の二階で行われていた。

当初は一階でもかまわないとコーデリアは思っていたが、残念なことに非常に賑やかだったのでやむを得ず二階に上がってもらうことにした。

とはいえ二階も一部屋だけでドアもなく、一階とは階段で隔《へだ》たれているだけだ。今も何やらロニーとカルラの騒がしい声が筒抜けになってきており、少し気になる。少し迷ったコーデリアは音もなく階段を登り、そっと様子をうかがった。

学習コーナーに使われているのは窓側で、小さなテーブルセットが置かれている。そこにロニーとカルラは向かい合わせで座っていた。

「だからぁ、魔術ってのはただ念じればいいっていうわけじゃないんだ。体内を巡る魔力をたどらなければ、それは決して形にならない」

「魔力が体内を巡る……？　何を言ってるのか、全くわからないわ！」

「あー……ほら、血が循環してるように魔力も動いてるだろ？」

「言ってる意味がわからないわ。昨日言ってた〝川の水が流れている〟っていう方がまだわかりやすいくらい」

「いや、だからお前はそれでもわからなかったんだろ。せめて魔法道具が使えるようになればなぁ。まだ全く使えないいんだもんな」

「仕方ないじゃない。私、魔術嫌いだし。あ、だからといって手を抜いてるわけじゃないわよ？」

「わかってるって」

どうやら今は魔術訓練の途中だったらしい。

（カルラはまだ魔法道具が使えないのね）

カルラをロニーに任せた時は、少なくとも数日で魔法道具なら使えるようになるだろうとコーデリアは思い込んでいたので、少し驚いている。

恐らく嘘ではないのだろう。魔法道具は使用者の魔力により使用可能時間や操作の可能範囲が異なるが、本当に一秒も使えないという人は逆に珍しい。だからわざわざ訝しがられるような嘘はつかないだろう。

コーデリアは一瞬ロニーと目が合ったところで、にこりと笑ってから一階に降りることにした。邪魔をする気はない。

カルラも決して不真面目というわけではない。魔術に関してはさっぱりの様子だが、文字に関してはたった十日でかなり書けるようになっている。もちろん間違いも含んではいるが、簡単な手紙なら書き記せる。元々読むことはできるという状態であっても、とても凄いことだとコーデリアは思う。

(最初は習うことそのものを嫌がってたけど、真面目に課題はこなしている様子なのよね)

魔術も嫌っている様子ではあるが、サボっているという風でもない。

(きっと根は真面目な子なのね)

そう思いながら、コーデリアは再度上から聞こえてきた言い争いに耳を傾けた。そしてそろそろ一度ロニーと相談してみようと頬杖《ほおづえ》を突きながら考えた。

カルラは授業が終わるとほかの使用人たちと同様、使用人の部屋に戻ってゆく。まだカルラの部屋は用意されていないので、彼女は女性魔術師の部屋に日替わりで居候《いそうろう》する形になっているのだ。もっとも、部屋は用意できないのではなく監視の観点から用意していないだけなのだが、慣れない生活に不自由があるだろうカルラをサポートする点でも意味はある。最初こそ戸惑っていたカルラだが、既に十日目ともなれば慣れた雰囲気でもあった。

そしてカルラが研究室から立ち去ると同時に机にうつ伏せたロニーに、コーデリアは声をかけた。

「今日もお疲れ様ね、ロニー」

「疲れたってレベルじゃないです。なんで俺、子供の相手してるんですか」

「あら、私もまだ子供よ。それも八歳からの付き合いじゃないの」

そう言いながらコーデリアはラベンダーとローズでブレンドしたハーブティーを淹れてロニーの前に差し出した。ソーサーには小さなクッキーも添えた。

「お嬢様は子供らしい子供じゃないでしょう。あ、老けてるって意味じゃないですよ」

「……後半は聞かなかったことにするわ」

「だからそれは違うって……まぁいいや。でもお嬢様はどう思ってるんです？　カルラのこと」

カップを手に持ち、揺れる液体を見つめながらロニーはコーデリアに尋ねた。

「魔術師棟の女性陣からも、カルラは基本的に良い子に見えるとは聞いてるわ。でも、いつもどこか落ち着きに欠けてるそうよ。あと暗闇が怖い様子なのと、左腕に大きな怪我《けが》があるって言って人に絶対見せないそうよ」

「左腕に怪我？」

「ええ」

立ったままだったコーデリアを見上げながら、ロニーは顎《あご》に手を当てた。何か思い当たることがあるのだろうか？　そう思いながらも、コーデリアはロニーの問いに答え続けた。

「正直、私はカルラが何らかの……労働以外の目的をもって屋敷にやって来たのだと思っていたわ。でも、それならもう何かを仕掛けてきていてもおかしくない……このまま何もしなければ、少し悠長《ゆうちょう》すぎるのではないかなと思うの」

「それは動かないんじゃなくて、動けないってのもあるかもしれませんけど。仮に俺がスパイでもこんながちがちの警備の中じゃ動けないですよ」

「なら、隙を作れば話は別ということね？」

「そうなりますね……って、試す気なんですか？」

「だって私、カルラが悪い子だとは思えないんだもの。どちらが正解でも確信が欲しいわ。それにロニーだって、カルラが疑われるのは嫌でしょう？」

「なんで……」

「あら。だって、嫌そうな顔で話を聞いてたもの。私が疑うのも嫌なのでしょう？」

そう言いながらコーデリアは小首を傾げてみせた。

するとロニーは目を丸くして数度瞬きをした。予想外の反応をしたロニーは、やがて表情を少しだけ崩した。

「……ちょっとだけ訂正します。嫌なのはお嬢様に疑われるっていうより、俺も疑いながら教えなきゃいけないってことですよ」

俺、一応多分屋敷で一番あの子の面倒見てますから。そうロニーが言うので、コーデリアは肩をすくめた。実にロニーらしい回答だ、と。

だがロニーは柔らかい表情をすぐに引っ込めた。

「ねえ、お嬢様。俺、左腕の怪我って聞いて一つ思いついたことがあるんですけど……」

「なにかしら？」

「ひょっとしたらカルラは――かもしれません」

ロニーにしては珍しく硬い表情で、そして低い声だった。それにコーデリアは驚くと同時に、こちらも悠長になどしていられないと思った。そんなコーデリアに向かってロニーは続けた。

「俺、書庫に行ってきます。ヒントがあるかどうかはわからないけど……お嬢様は部屋に戻っててください」

「私も行くわ」

「俺が徹夜になってもお嬢様は寝てくださいよ。それだけは約束です。後が怖いので」

コーデリアが拒否されても部屋に戻らないことは、ロニーにも軽く予想がついたらしい。大きなため息と共に、ロニーは立ち上がって一気にハーブティーを飲み干した。そして急ぎ足で書庫に向かう。コーデリアも小走りでそれに続いた。

少々行儀の悪いその行動は、幸いにも他の使用人に見られることはなかった。


そして書庫でロニーと本を探してから二日後。

コーデリアはロニーとカルラを伴って、王都近くの森の一つであるウィーネにやって来た。

コーデリアは自らの愛馬にまたがり、エルディガでは時折見ることができる乗馬用の衣装を身に着けている。これは一人で馬に乗れるよう練習を始めたころに「どうせなら民族衣装を着てみたらどうだ？」とイシュマに勧められたのがきっかけだった。イシュマに見せてもらった民族衣装は丁寧な幾何学《きかがく》模様の刺繍《ししゅう》が施されており、非常にコーデリアの好みであった。トップスはゆったりしたハイネックに上着を羽織《はお》り、ボトムスは騎馬民族らしくズボンに短めの巻きスカートと、大変馬に乗りやすそうだった。

コーデリアは、乗馬の時以外ではなかなかこの衣装を着る機会に恵まれないと理解し、すぐに着用したいと申し出た。山歩きにはドレスよりもこの衣装の方が気を遣わなくてもすむし、靴も歩きやすい物を選びやすい。

「とてもよく晴れていて気持ちがいいわね。風も暖かいわ」

そう言ったコーデリアに、ロニーは、

「……屋敷に帰っても穏やかだといいですね。旦那様がブリザード作ってないか心配ですけど」

と、若干青い顔をしながら返事をした。

「なぁに？　ひょっとしてお嬢様は旦那様に内緒で森に来てるの？」

ロニーの馬に同乗するカルラはコーデリアの方を見ながら尋ねた。コーデリアは口に人差し指を当てて、その動作だけで返事をした。カルラの顔は少し呆れているようにも見えた。

「それよりカルラ。ウィーネの森は穏やかなところでしょう？」

「ええ。穏やか過ぎて少し怖いくらい」

そう言いながら森に視線を巡らすカルラを、コーデリアは目を細めて見つめた。

多くの水の精霊が棲《す》むと言われているウィーネの森は、中心部に小川が流れている。水の精霊は安息の守護者、癒《いや》しの象徴とされており王都でも護符のモチーフにされている。

その一方で、聖地ともいえるこの場に人々が訪れることはあまりない。それは魔物の影響だ。精霊が棲む森は他の森に比べ魔物の出現率が少々高い。だから訪れるのであれば護衛が必要になるし、護衛がいたとしても安心だとは言い切れない。

コーデリアは、十一歳を過ぎた頃からこの森に出入りするようになっていた。そして出入りしているうちに何度か魔物に遭遇したこともあるが、ロニーやイシュマがいたので心配するようなことは起きていない。出現率が高いといえど、極度に強い魔物が出るわけではないのだ。だからそのこともあって逆に実戦訓練といおうか、コーデリア自身も魔物に対する戦闘能力を少し養うことに成功していた。兄のように魔物を殲滅《せんめつ》するような魔術や剣術は使えないが、植物を使い雁字搦《がんじがら》めにする方法はずいぶん上達し、得意魔術の一つとなっていた。

(……まぁ、戦闘系令嬢になる予定はないのだけれど)

それでも護身術は大切だ。だから大変ありがたいことだと思っている。

ちなみにエルヴィスには内緒にしてある。一応外出は伝えているが、いつも他の森に出かけていることになっている。

心地よい風が吹き抜ける中、コーデリアは髪を押さえながらカルラに言葉を投げた。

「この森の中は街より魔力が澄んでいるの。だからカルラ、貴女の魔力も見つけやすいかもしれないわ」

しかしそのコーデリアの言葉にカルラからは返事がなかった。むしろ、カルラの耳にその言葉は届いていなかったようだ。

カルラはただ驚いた表情で水辺を見つめていた。

「透明な岩を見るのは初めて？」

「え、ええ。全部水晶なの？」

そう言いながらカルラはロニーの馬から飛び降りて水辺に近づいた。そしてぺたぺたと岩に手を触れて確かめていた。それを見たコーデリアも馬から降りた。

「それは全部ただの石よ。この森の岩は水に近ければ近いほど透明がかっているの。これは森の魔力がそうさせているの。たとえば透明な岩も王都に持ち帰ればただの石と化してしまう。だからこの森に来なければ見られない光景なのよ」

「これも、魔法なの？」

「そうね。魔力がなければこんな風景は見られないわ」

「……魔法ってこんなに綺麗なのね」

カルラは手で水を掬《すく》い、そこから零れる感触を確かめていた。

「私、ホントはあんまり魔術に良いイメージ持ってなかったの」

「どうしてかしら？」

「だっておとぎ話の魔女って悪い人ばっかりじゃない。中には救国の魔女もいるけれど、その時ですら敵対する悪い魔女が出てくるわ」

カルラはそう言いながら口を尖《とが》らせた。コーデリアは苦笑した。否定はできないからだ。ただ、コーデリアは彼女の主張に疑問を返す。

「ならば、どうして貴女は魔術を使うであろうパメラディア家で働きたいと思ったのかしら？」

「……お金がいるからよ。それなのに魔術を習うなんて全然考えてなかったし。ロニーは字を教えるのは上手なくせに、魔術を教えるのは下手だし」

遠慮なく言うカルラに果たして同意していいものなのだろうか。さすがにコーデリアも苦笑するしかなかったが、それ以上に言われて困っていたのは対象者本人だ。

「カルラ、頼むからもうちょっと言葉を選んで空気を読むことを覚えてくれ」

「なによ、ロニーと大して変わらないじゃない」

「だから俺が魔術師のお姉様方に怒られてるの。お手本が悪いせいだって」

目元を押さえながら会話に入ったロニーに、カルラは全く容赦がなかった。もちろんカルラだってロニーの真似をしているつもりはないのだろうが、確かに間違われてもおかしくはない。カルラはもう一度両手で水を掬い、空に向かって投げ上げた。

「でも、ちょっとだけわかった気がする。お嬢様も、このお屋敷の人たちも、全然悪い魔女じゃないって」

「最初はそう思ってたのかしら？」

「あっさりと受け入れるから、逆に怪しかったし……むしろお嬢様がもう少し悪い魔女なら良かったと思ってるわ」

「あら、どうして？」

「それなら、魔女に苛《いじ》められたーって私も思うのに。字を習わせて魔術を習得させようとして、これじゃ私はただの給料泥棒だわ」

その言葉にコーデリアは静かに笑った。カルラも肩をすくめていた。

「お嬢様方、そろそろお話はいいですか？　ここに来た目的を果たさないと、ですよね」

「ああ、ロニー。ごめんなさい。カルラ、あれを見て」

そう言いながらコーデリアは水辺に浮かぶ花を指さした。そこには白い花が浮かんでいる。太陽の光と水面からの光で白が透けて見えるようだった。いや、実際に花の一部はガラスのように透けていた。岩と同じように魔力の影響が濃いのだ。

「お嬢様、あの花はなんというの？」

「スイレンよ。清純な心を映す花と言われているわ。生命力も強いの」

「スイレン……」

「この森のものは普通のものと少し品種が違うようだけど……とても綺麗でしょう？」

聞いたことも見たこともなかったらしい彼女に、コーデリアは言葉を続ける。

「あの花はね、与えられる魔力で色が変わるのよ」

そう言いながら、コーデリアは軽く自分の魔力を花に向かって飛ばした。すると、花は薄桃色に色を変えた。

「すごい……」

「貴女もやってみる？」

「でも、やり方がわからないわ」

「先生はいるわ。ロニー？」

「はいはい。じゃあ課外授業を始めますか。まぁ、カルラは魔力を飛ばすなんて高度なことできるわけないから、まずは手元でだな」

ロニーは比較的近くにあったスイレンに手を伸ばし手繰《たぐ》り寄せた。そしてがくの下で花を切り離し、そしてそれをカルラに渡した。

「……何となく、ふわっとした気を纏っているのはわかるか？」

ロニーの言葉に、カルラはすぐには縦にも横にも首を振らなかった。代わりに少し考える様子を見せた。それは今までと少し違う様子だった。

「まぁ、今日中に花の縁《ふち》の色でも変わればいいいんじゃないか」

ロニーは確かにありそうな収穫を、長い目で見守る言葉を吐いた。


しかし結局、カルラは昼過ぎになっても花の色を変えることはできていなかった。もちろん何も得るものがなかったわけではなく、徐々に感覚は鋭くなっているようではあった。

「なあ、そろそろ昼飯に……」

「ちょっとロニー、うるさい！　今、何かわかりかけたのに！」

「え、また？　それさっきも言ってたのに……」

昼食も取らずに続けるカルラにロニーもそのまま付き合っている。コーデリアはサンドウィッチを食べながら二人のやりとりを眺めていた。

「大体、ロニーはできるの？」

「おー、お前先生を疑ってるのか。ほら、見てみろ、このスイレンを」

「なっ⁉　ロニーができるなんて……‼」

カルラにとってロニーは師匠というよりライバルという立ち位置が近いのだろうか。カルラはロニーがスイレンを水色にかえたことで余計に闘志を燃やし始めたのか、ロニーを睨《にら》みつけている。

コーデリアは木陰からカルラとロニーを呼んだ。

「カルラ。集中するのは良いことだけど、少し休憩をはさんだ方が良いわ。集中力は案外保てないものなのよ」

「えー？　もう少し……」

「やった。ほら、お嬢様の命令だ。行くぞ、カルラ」

全く対照的な二人の様子にコーデリアは苦笑した。腹が減ったと補給に喜びを隠さないロニーと不満気なカルラは、見ている分には面白い。

「ほら、カルラ。ここでも魔力は感じられるわ。この樹、凄く魔力を与えてくれるの。わかる？」

「……」

カルラは大樹に手を当てた。そしてそのまま背を預けて座った。

「暖かい樹ね」

「そう。それを感じながら早くサンドウィッチを食べた方が良いわ。ロニーに全部食べられても知らないからね」

そのコーデリアの言葉にカルラは慌ててロニーを振り返った。そして側にあったバスケットと彼を見比べ、バスケットの中から卵とハムが挟まったサンドウィッチを鷲掴《わしづか》みにした。

「ねえ、昼食が終わったら少し眠ってはどうかしら」

「え？」

「睡眠は疲労回復の一番の手段よ。私も少し眠るわ」

コーデリアはそう言うなり草の上に転がった。令嬢らしからぬ大胆な行為だ。それにロニーは驚いていたようだが、コーデリアはそのまま目を閉じ、静かに森の魔力を感じた。そうして再びゆっくり瞼《まぶた》を上げる。

「ロニーもカルラも、食事を終えたらしばらく休憩なさい。夕暮れまでには時間もたくさんあるのだから」

「……まあ、俺もあと三つ食べたら休憩しますかね」

ロニーも樹にもたれ掛かった。どうやら寝転がる気まではないらしい。コーデリアはそれを見て、もう一度瞼を閉じた。

とにかく心地いい空間。その一言に尽きる。

だからこそ、本当にもったいないと思った。コーデリアは目を閉じたまま、大地に当てた手に魔力を込め、強く念じた。

〝伸びよ〟

その瞬間、コーデリアの周囲の草木が強く輝いた。そして急激に成長した草は本来の姿より巨大化し、そして同時にコーデリアの上でナイフを握り、振り下ろそうとしていたカルラを捉えていた。

カルラの首元には、ロニーによって短刀が添えられていた。

「本当に眠ったと思ってたのかしら？」

「……っ！」

「ここは魔物の出る森よ。さすがにそこまで不用心なことはしないわ」

コーデリアは短く言うと、ゆっくりと体を起こした。

「貴女……本当に私を殺《あや》めに来たのね？」

「‼」

別に驚きはしなかった。元々予想していた範囲の出来事だ。だが望ましい展開ではない。

「やっぱり闇ギルドに身を置いているのね。カイナ村で小麦の手引きをしていた一員かしら」

「……そうよ。いつから気付いていたの」

「最初から、疑ってはいたわ。日常でも足音は小さいし、身のこなしが随分軽い。無意識かもしれないけど、貴女、気がゆるんだ時ほど足音がないのよ。私のもとに来たのは、子供が相手だから最適と判断されたからかしら？」

「……」

「でも、貴女も本当はそんなことしたくないと思ってる」

「……どうしてそう思うの？」

「あなたが私の上で随分長い間迷っていたからかしらね。それでもそうせざるを得なかったのは、この腕が原因かしら」

そうコーデリアは言うと、カルラの左腕を掴んだ。カルラは嫌がる素振りを見せたが、草花に搦《から》め捕《と》られた体は思うように動かない。

「ロニー、どう？」

「……やっぱり、強い呪縛《じゅばく》ですね。これじゃ普通なら自分で魔力を練るどころか、自分の意識を保つことも難しいレベルです」

「……」

カルラは何も答えなかった。ただ、悔しそうに唇をかみしめていた。そんな中、ロニーはカルラの腕をじっと見ながら呟いた。

「……解除、できっかな」

ロニーの言葉に、カルラの腕が震えた。

「何を言ってるの、ロニー。できるかじゃなくて、やるんでしょう？　この場所だって、ロニーの提案じゃない」

「いや、そうですけど。これ、思ってた以上に下手な魔術師が無理に捻《ね》じ込んだ術だから、よく体が保ててるっていうレベルですよ。俺が変な力加えたらどうなるか……」

「やるんでしょう?」

「いや、やりますけど……」

呪いは解けないわけではない。

ロニーは書庫でカルラに掛かっている呪いの種類を探し、解呪できる可能性を調べた。ロニーは自身の魔術師としての力を知っている。そしてロニーは、自分ならその呪いの術式を分解できると踏んでいた……少なくとも、書庫では。

ロニーはカルラの顔を真っ直ぐ見た。

「俺も一〇〇パーセント成功するとは言いきれない。カルラが嫌なら解呪はしない」

「……どのくらいだと思ってるの?」

ロニーから目を逸らさずカルラは静かに問い返した。だがロニーは虚をつかれたようで、その雰囲気を一気に崩した。

「んー……失敗するイメージは思い浮かんではいないけど、割合は……なぁ……」

「ちょっと。私の人生かかってるのよね⁉ なんでそんな弱気なのよ!」

「いや、まぁ……で、どうするんだ。最大限努力はするが、判断は任せる」

「やってちょうだい。どうせこのままお嬢様の首を持って帰れなかったら、どうなるかわからないんだもの」

カルラの言葉に、コーデリアとロニーは顔を見合わせ頷いた。

コーデリアはカルラを草で絡めたまま水辺に近づき水を掬った。それを零さないようゆっくり戻り、カルラの左腕にかけた。

「これも、少しは役立つかしら」

「ありがとうございます、お嬢様。じゃあ、俺も始めますか」

そう言いながらロニーはカルラの腕を強く握った。そして大きく息を吸い込み、急激に魔力を発した。まるで風が舞うようだったが、実際には何も動いていない。

歯を食いしばるロニーと、困惑した眼差しをしつつも自分の腕を見つめるカルラ。

コーデリアはその様子を見ると少し離れた所へ向かい、そこに自生しているハーブを引き抜いた。

「……このセージ、充分な魔力を持っているわ」

セージの別名は〝救いのハーブ〟だ。特徴としては抗酸化作用が非常に強い。ゆえに前世では『セージがある家は死人が出ない』などと言われていたこともある。そしてこの世界のセージも救いと呼ぶにふさわしい、非常に強く清らかな魔力を纏っている。

「お嬢様、それ、使えそうなんですね」

「ええ。屋敷から持ってきたものより、やっぱりこっちの方が良いわ」

ロニーとカルラの許に戻ったコーデリアは、そのセージをカルラの腕にすりつけた。そしてそのままコーデリアも魔力を注いだ。植物の力を増幅させるには、自分の魔力が一番適切だ。

「あーあ、これでホントに失敗できなくなっちゃいましたね。これで失敗したら、俺もお嬢様もカルラの呪いに食われちまう」

「ロニー、無駄口を叩いてないで早く終わらせるわよ。私たちの魔力が尽きる前にね」

ロニーだってふざけているわけではない。彼はとても集中している。ロニーの声が若干震えているのは怖がっているのではなく、呪いに引きずられないようにしているからだろう。

「ぐっ！」

カルラは痛みを訴えるような声を一瞬上げた。それはすぐに噛みしめられ、飲み込まれた。

術式を指でなぞるロニーの額には脂汗《あぶらあせ》が滲む。術式の解体が進んでるのだろう。双方の呼吸が荒くなる。そしてコーデリアも息が上がり、指先が痛む。

無駄な思考を入れてはいけないと思いつつ、コーデリアの脳内には悪いイメージも浮かんでいた。ゲームの中に出ていた『コーデリア』の死因である魔術の暴走も、呪いに起因していた。

（だめ、余計なことは考えるな）

コーデリアは自分にそう言い聞かせる。

失敗したら『コーデリア』と同じように死にかねない。

絶対に呪いに引きずり込まれたりなんてしない。

そして、絶対にカルラを呪いに飲みこませることなんてしない。

次の瞬間、カルラの叫び声が辺り一帯に響いた。それと同時に、カルラの左腕からは呪いは消え去った。

解呪に要した時間は大して長くはなかったはずだが、ひどく長い時であったように感じられた。

ロニーは草の上に寝転がり、全力疾走をしたかのように肩で息をしていた。それはコーデリアも同じで、地に片手をつき、荒い息を吐く。

「終わった、なぁ」

「終わったわね……疲れたわ……。カルラも疲れたでしょう?」

「え……え、えぇ……」

カルラだけがまだ現状を把握できていない様子だった。コーデリアはのろのろと立ち上がると、水辺に寄り、そしてスイレンを一つ手に取った。

「カルラ。今ならもうこのスイレンの色も変えられるはずよ」

「お、お嬢様。あの……」

「ああ、でもスイレンはオマケね。それより貴女には渡さなければならないものがあるわ」

そう言いながらコーデリアは自らの魔力で髪をひと房切り落とした。そしてスイレンと一緒にそれをカルラの左手に置いた。

「お嬢様、こ、これは……」

「ねえ、カルラ。この世には等価交換というものがあるの。だから解呪のお礼に、ちょっと協力して欲しいことがあるの。あとは……そうね、スイレンの色を変える方法を教えたお礼に、貴女の本当の名前を教えてくれるかしら?」

「……お嬢様。それ、等価交換じゃなくてほぼ悪質な契約というやつですよ。あとから合意を求めるなんて」

そんなロニーの呆れた声など、カルラには届いていないようだった。それでもロニーはそのままつぶやき続けた。

「まあ、ここからが俺の本番ですか」


王都から少し離れた峠《とうげ》のはずれ。

夜半過ぎ、私はお嬢様の髪を持って薄暗いギルドのアジトに足を踏み入れた。

そこには私に呪いを埋め込んだ女――私を使役《しえき》している魔女がいた。魔女は入り口に背を向け、椅子にもたれ掛っている。

私は何も言わずに部屋を進み、中央のテーブルにお嬢様の髪をひと房置いた。その髪には、魔力を感じることができる者であればすぐに気づくほど、魔力の残り香が漂っている。

「……どうやら、仕事はできたようね。珍しい魔力の波を感じるわ。今回は随分かかっていたから、ついに情に流されたのかと思ったわ」

魔女は私の方を見ないままそう言った。私は何も答えなかった。

「でも貴女はここにいるしかないんだもの。こちらとしても子供は大事よ？　子供の方が足を踏み入れやすい場所もあるし、これからも良い駒《こま》でいてちょうだいね」

「……」

「なぁに？　褒めてあげているのに、嬉しくないなんて」

妖艶《ようえん》に笑いながら、魔女はようやく振り返り……そして気づいたようだった。私の後ろに、フードをかぶった二人の人間がいることに。その押し殺された気配に、魔女は眉をひそめる。

だが魔女のその態度そのものに対してだろう、やや大げさともいえるため息が後ろから聞こえた。

「こんな子供を使って楽してるなんて、どんなヤツかと思ったけど……思ったほどじゃなかったか。しかも気配を消したとはいえ、裏の人間がこちらの侵入に気づかないとはね。俺の方が格上か？」

そんな言葉に、魔女は眉を吊り上げた。

「カルラ、人を連れてきていいとは言っていないわ。その人間、二人とも呪うわ……よっ⁉」

魔女が言い終える前に、人影は魔女の喉元に短剣を突きつけた。急に飛び出した人影……ロニーは、そのフードを後ろに飛ばしていた。

「ここ来る前に肩慣らしのつもりで二か所ほど潰してきたけど……アンタらえげつないね。よくまぁ被害が表に出てなかったもんだ」

フードから出たロニーの顔は、少なくとも私が見たことないくらい冷ややかで、そして鋭い目をしていた。

そんな彼に「これ、ロニー。小さなお嬢さんが怖がるぞ」と彼の上司が声をかける。けれどその上司も臨戦態勢で、魔女を逃す気は更々《さらさら》ないという空気が満ちている。

「今日ばっかりは勘弁してください、副長。俺、怒ってるんですよ。こんな幼い子を使う手口も、逆恨みでお嬢様を狙うことも、パメラディア家を害することも。何一つ道理が通ってない」

「それはそうだが、お前が思いのままに動けば相手は死にかねんぞ」

「……だから今は魔術使うの我慢して、体術だけを使ってるんじゃないですか。魔術なんて使ったら加減できる自信ないですよ」

喉元に刃《やいば》を添えられたままの魔女は、二人のそんなやりとりに舌打ちをした。しかしすぐに挑発的な表情を浮かべた。

「魔術が使えるのに使わない？　愚かね、油断のしすぎだわ」

「愚かなのはどっちだ。禁じられた呪いは少し使えるみたいだが、逆にいえば解呪されても気づけない、呪うことしかできない無能だとは……これじゃおとぎ話の魔女そのものだよなぁ」

ロニーはやれやれと首を振った。その行動を魔女は隙と見たのだろう、いびつな笑みを浮かべ呪いを発動させようとしたようだった。しかし次の瞬間にはロニーが魔女の足を払いのけ、盛大に転ばせた。その間にロニーは手際よく次の行動に移る。

「この至近距離じゃそんな魔術は無意味だって、新人魔術師でも知ってることだぞ？　だいたい実力のないあんたに、生贄《いけにえ》もなく強い呪いをかけられると思ってるのか？」

魔力を込めた鎖で魔女の手を縛りながら、ロニーは呟いた。

「本拠地が一番手薄だったのはありがたい誤算だけど、思った以上の馬鹿が存在したとはな。世の中善人ばかりではないとはいえ、ホント理不尽なことだよ」

「……さっきから、まるで私たちのアジトをつぶしてきたような言い方だけど」

「つぶしたよ。お嬢様の命《めい》だったんでね。遠方の残りの場所も、今まさに俺の先輩方が向かってるわけだ。ま、お姉様方より早く情報を伝える手段をあんたはもってなさそうだけど」

「……そんなことを私が信じると思ってるわけ？　すぐにここにだって救援が……」

まだそんなことを言う魔女を、ロニーは見下ろしながら鼻で笑った。

「俺らを誰だと思ってるんだ？　パメラディア家の魔術師だぞ」

と。


同刻、コーデリアは一枚の報告書を作成していた。

「お父様への正しい報告は真面目に口頭で行うとして……書面上の顛末《てんまつ》は『助けを求めに来た少女からの通報により闇ギルドの一端を駆除した』というところかしら。相応の所に突き出したら私たちの仕事はお終《しま》いね。ただしウィーネに行ったことは黙っておきましょう」

屋敷に戻った後、カルラは知っている情報を全てコーデリアたちに伝えた。コーデリアが賞金首のリストをカルラに見せると、カルラは知っている範囲で次々と答えていく。もちろん自分も全て知っているというわけではないと念押ししたが、内部からの情報は非常に詳細なものだった。恐らく魔女がカルラを完全に支配していると思っていたからこそ、彼女が知ることができた情報も多いだろう。

「もらえる賞金は、エルディガに送りましょう。学校計画の資金になるもの」

この掃討《そうとう》作戦において、コーデリア自身が敵地に乗り込むことはさすがに許されなかった。一応ロニーに自分も行きたいと頼んだのだが、ロニーからはこの世の終わりを見るかのような顔でやめてくれと懇願《こんがん》された。それに後付けの理由のように「せっかくお嬢様の髪を持っていくのに、その魔力の主が近くにいたら気配がさすがにおかしくなりますって！」と言われてしまった。だから彼らが働いている間にきっちりと報告書を仕上げているのだ。

「禁術の呪いを使うとはいえ、決して大きな規模の闇ギルドではなかったわ。おそらく末端……。でも、ある程度の牽制《けんせい》くらいにはなるでしょう」

子供にしてやられたと、そこまで伝わるかどうかはわからない。けれど最低限、パメラディア家に手を出したら容赦しないとだけ再認識されればそれで良い。

エルヴィスを狙ってなのか、それとも情報を求めてやって来るのか、そこまではコーデリアにもわからない。けれど度々魔術師たちがそれを退《しりぞ》けていることも知っている。ただそれを撃退しているだけでは大きな牽制とはならないのだ。

「お父様を狙うとなれば、相当命知らずだとは思うけれど」

そもそもある程度の力を持つものなら、パメラディア家を襲うなど本来割に合わないことは知っているはずなのだ。それなのにこの襲撃があると考えれば……それはもう、一部からは侮《あなど》られ始めていたとみて差し障《さわ》りないだろう。一夜で綺麗に片付けてくれる魔術師たちには、感謝してもしきれない。

コーデリアは、ロニーが実験室で言った言葉を思い返した。

『ひょっとしたらカルラは呪術で使役されているのかもしれません』

秘匿《ひとく》され公開されていない術式を、本物を一度見ただけで解呪できる……ロニーの能力は、やはり底知れない。

「ロニーが本当に優秀で助かったわ」

そう呟いたコーデリアはペンを置き、窓の外を眺めた。

「カルラ……いえ、ララには文房具の改良にでも携わってもらおうかしら」

明日の朝は、ララに茶を淹れてもらおう。きっと上手には淹れられないんだろうなと思うと、少し笑いが堪《こら》えられなかった。

幕間　パメラディアの解析魔術師

名門伯爵家パメラディア家に就職して早六年。

俺、ロニー・エリスはコーデリアお嬢様のご指示で働いています。

お嬢様のもとで働くよう命じられた時には「なぜこうなった」と思わずにはいられなかったけど、今となればラッキーだったと思う。

このポジション、悪くない。むしろ居心地がいい。

まず一つ目は、魔術師棟から逃走しお嬢様の実験室に籠ることができる。業務自体はお嬢様のお手伝い以外にも、以前から担当していた屋敷の警備関係や水質検査なども継続しているから、確かに多少増えたとは思う。でもお嬢様のところにいると、予定外の仕事が降りかかってくることはほとんどない。例えば魔術師のお姉様が言う「限定ケーキ買ってきて」とか、「観劇チケット並んできて」とか。だから結果的には楽になったと思う。とてもありがたいことだ。

魔術師のお姉様方は皆美人で、一般的には男ならテンションがあがる環境だと思う。実際に俺も最初は「劇中か」と錯覚するほどだった。

まあ、瞬き一つで現実に戻ったけど。

だって即小間使いにされてしまったから、仕方がない。ちなみにパメラディアに在籍している魔術師は現在総員で六名で、俺以外の男性といえば副長を務める壮年の男性が一人だけ。あとは全てお姉様である。ちなみに、お孫さんがいる師長もお姉様に含まれる。

彼女らは俺の就職が決まった時に、ひどくがっかりしたらしい。どうやら後輩は女性が良かったらしく「女の子だったら可愛がって一緒にケーキ食べたのに！」なんて八つ当たりをされた。「ちょっとケーキ買って来て」と言ってお姉様たちの人数分ぴったりの金額だけを渡される俺の現状とは大きな差だと思う。パシリ代としてケーキ一個分の余裕を持たせてくれてもいいと思うんだけど……俺も女に生まれたかったと多少は思わずにいられない。

まあ、悪い人たちじゃないんだけどね、もちろん。俺が言葉遣いを改められたら奢《おご》ってくれると言ってくれることもまれにあるし。ただ、それはちょっと俺には厳しい基準だと思うけど。

でも、これだけは思う。

もしも俺に男の後輩ができたら、パシリは半分引き受けてやろう、と。

お嬢様のもとで仕事をすることを喜ぶ理由はそれだけじゃない。お嬢様の渡してくる仕事は、わかりやすいのだ。「あれやって」「これやって」という具合で、「察しろ」というものが殆どない。まぁ、お嬢様自体が察しようもない実験しようとしてるってこともあるからかもしれないけど。あとは好きな時に美味しいお茶が飲めるのは特典でしかないと思う。

けれどお嬢様の助手的ポジションに立つことも、そもそも俺がパメラディア家に仕えることも八年前は想像すらできていなかった。

俺は元々、『王立魔術学院』卒の魔術師だ。在学中は苦手分野も得意分野もなかったが、一応専攻は解析魔術。同期の成績では専門分野別では首席、総合評価は第三席と好成績を修《おさ》めている。

実家は王都の南の港町を本拠地とする商家で、俺はその家の三男坊《さんなんぼう》だ。しかし残念ながら実家の生業《なりわい》とは裏腹に俺には全く商売の駆け引きセンスが備わっていなかった。俺がそのことに気付いたのは十四歳くらいの時だったが、両親や兄貴たちには「なに、商売以外の道もあるさ」と幼いころから諭《さと》されてきたので、すでに見抜いていたのだと思う。さすが、でかい商会を営んでいる人の目はすごい。

元々俺も商人として働きたいとは思っていなかったから、別に残念だとは思わなかった。ただ、次にどうするかという問題が頭に浮かんだだけで。

しかし、それもそんなに長い間悩んでいたわけではない。ふと実家の裏に来ていた王都の商人の馬車を見て思ったのだ。

そうだ、王都に行こう。

深い理由なんてない。ただ漠然と「王都なら何か面白そうなことがあるかもしれない」と思っただけだ。だが、両親を説得するにはそれらしい理由が必要になることはわかっていた。ただ王都に行きたいというだけでは、まるで遊びに行きたいといっているようにも聞こえかねない。いや、実際はその通りだったんだけど。

そして考えに考えた結果、俺は魔術学院への入学を理由にしようと決意した。

俺の両親は平民の平均的な魔力量くらいしか持っていないけど、俺は突然変異型の魔力量持ちだったらしく、普通の人よりかなり魔力量が多かった。店にある大型の魔術道具を動かすときはよく呼び出されていたんだけど、それまでは「この魔力を使って魔術師になってやろう」なんて考えたことはなかった。だって身近に魔術師なんていなかったし、想像もできなかったし。

だが、魔術学院入学以上に正当な理由など思いつかないので、俺は両親に「ちょっと魔術学院受験してくる」と言った。

両親は拍手喝采《かっさい》で送り出してくれた。実家を出た日に持たせてもらった弁当は、これでもかというほど縁起物で埋め尽くされ、どれだけ合格を祈願されているのかよく伝わった。でも、さすがに大量のお守りはちょっと邪魔になった。ま、悪い気はしないんだけど……それだけ心配させてたとしたら、申し訳なくも思ってしまった。

魔術学院は国軍の魔術師養成学校だ。課程は二年で、学費も生活費も基本的には無料。最初の半年で基礎魔術を固め、残り一年半で専門分野の土台作りをする。国軍の養成機関だけあって、魔術を用いた戦闘訓練以外の武術も一通り修練《しゅうれん》させられる。二年程度で何ができるのかと思うかもしれないけど、一定以上の成果が出なければ夜間補習があったり早朝補習があったりとかなり厳しいので、だいぶ身にはつくと思う。教官は現役の軍人さんだしね。

そして卒業後は、国軍の魔術師部隊で十年以上働くことになる。十年以下だと、軍議で認められない限り在学中の学費を支払わなければいけないことになる。もっとも認められるのも不治の病《やまい》くらいらしい。

ちなみに魔術師はそれなりに高給取りだけど、その学費は魔術師の給料の約十年分に相当する。つまり凄く高い。おまけに支払ったとしても監視の目が例外を除き生涯付きまとうらしい。

これはキツイ、と、俺は思った。

そうでもしないと国軍も困ることはわかる。無料で講義を受けさせ、訓練を積ませ、卒業してハイ、サヨナラだと魔術師の軍人は増えないし、やたら力を持った人間が野放しにされるわけだし。そもそも普通ならそのことを入学前に受験生は理解している。だからキツイなんて言う人間は合格者の中にはいなかった――俺以外は、だけど。

そう、俺はそんなことなど一切理解しておらず、卒業間近になって初めて知ったのだ。何せ学費が無料ということ以外何も知らないまま入試をパスしていた……というか、そもそも思いついた日の関係で、入試直前まで受験するつもりもなかったのだから。

おかげで入学後学院の生徒の大半が貴族であることを知った時もひどく驚いた。よくよく考えれば魔力量や素質は遺伝要素であるのだから、魔力を保有するイコール貴族ということは明白だったのに、俺は何も考えていなかったのだ。だから庶民育ちの俺は割とすぐに浮いてしまった。ある程度裕福な家に生まれていても、貴族とは色々しきたりが違う。だからすぐに変わり者だと有名になった。だって規則にはない貴族の暗黙ルールなんて俺にわかるはずもないんだから。でも咳払《せきばら》いをされることくらいはあっても正面から苛められることはなかったし、授業自体は面白かったので割と早々に気にすることを止めてしまった。

他に堅苦しいと思ったのは、外出制限があったことだ。学生とはいえ国軍の養成機関なのだから当たり前といえば当たり前なのだろうが、王都に面白いことを探しに行くということを目的としていた俺をうなだれさせるには充分だった。

早く卒業して、王都をゆっくり観光したい。

そう願っていた夢を一気に崩壊させる国軍への入隊話に、俺は焦った。

この生活をまだ十年も続けるなんて、到底受け入れることはできない。いや、むしろ入隊すればもっと規則が厳しくなってもおかしくない。刺激を求めて王都に来たというのに何たることか。由々《ゆゆ》しき自体である。

俺は急いで担当教官のもとに向かい、正当な抜け道はないのかと大真面目に尋ねた。そんなものがあればそもそも制度が崩壊してしまうので、尋ねるのも滑稽《こっけい》というものなのだが――それは存在したのだ。

「どうしても軍へ行きたくないのであれば、貴族に仕える道を選べば良い」

担当教官は、困った学生に向ける眼差しを隠さず俺に言った。

これは俺以外の学生にとっては〝軍属十年以上〟と同じくらい当然の知識らしいのだが、この国の一部の有力貴族には学院を卒業して間もない魔術師を雇い入れる権利があるらしい。雇われた者は雇用先に学費は払ってもらえるし、おまけに雇い主が『魔術師が何かをした際にはすべての責任を負う』と国王に対し誓約書を提出するので監視の目も付かないということだ。元々は『お貴族様の教養』……つまり貴族の子に魔術を覚えさせたいが、軍役には就かせたくないと考えた〝偉い人による偉い人のための制度〟であった時の名残であるらしい。新卒魔術師の雇用が許されている家というのは、学院の設立時に非常に尽力した貴族ばかりで、約十家だ。まぁ、今となっては各家で秘伝を含めて色々と教えるらしいから、わざわざ子女を学院に入学させることはないらしいけど。

だが実情や経緯は俺には関係ない。

早速俺は魔術師募集のカードを見た。許された貴族の家が十家程あろうとも、各家とも毎年募集しているわけではない。だから応募者にはなかなか熾烈《しれつ》な争いが予想されるそうだ。

だが、負けるわけにはいかない。格式ある貴族の家というのも堅苦しそうだが、きっと軍よりはマシだろう。それに下働きとなるならお貴族様に会うこともそうそうないだろうし、そんなに恐れることはないはずだ。そう思った俺だが――リストに目を落として一旦絶望した。

その年の募集はたった二名しかなかったのだから。

一つはクライドレイヌという伯爵家。

メインは調剤学に関する仕事だが、何でもできるオールラウンダーな魔術師を募集しているらしい。専攻は違うが一応総合でもそれなりの成績なので、オールラウンダーという条件なら悪くない。

門前払いということはないと思う。

もう一つはパメラディアという伯爵家。

職種には解析と書いてある。そしてそれ以外には『採用試験：面接』と、後は試験日と受付時間しか書いてない。わかりやすいのかわかりにくいのか、とにかく愛想がない募集カードだ。

俺は悩んだ。両家とも名前しか聞いたことがない。

片方は昨年末の馬上試合で優勝した人の家名だった気もするが――はて、それもどちらであったかよくわからなくなってきた。パメラディア家の方は面接をするんだろうけど、仕事内容の解析って大雑把《おおざっぱ》すぎる。

しかし元々募集が二枠しかないのだ。これは両方とも応募してみて受かった方に行くべきか。そう考えながら俺はカードを眺め、そしてパメラディア家の募集期限が今日までになっていたことに気付いてしまった。

え、今日⁉

しかも面接会場が学院の裏庭で、受付終了まであと少ししか時間がない。

あまりに急なことで俺の気は動転したが、カードには詳しいことは何も書いてないし、とりあえず行ってみるかと悩んだ。何も準備はしていないけれど、恐らく行けば面接を受けることはできるのだろう。

受けなければ受かることはない。落ちても、別に俺の不利益になることはなにもない。

そう踏ん切りをつけた俺は、急いで裏庭に向かうことにした。そうだ、落ちて元々だ。それにこれだけの情報で準備できる何かがあるとは思えないし、落ちたとしてもクライドレイヌ家の試験を受験するための参考になることも見つかるかもしれない。

そんな気持ちでそこに向かって――絶句した。

会場の裏庭にひょっこり顔を出すと、そこではやたら気迫が凄くて、武術の教官より体格のいい男性と、学院の生徒が剣を交えていた。

え、剣？　なんで？　面接の会場だよな、ここ。

俺は訳がわからず、しかし動くこともできずに呆然とそれを見ていた。

学生は応戦しようとしているが、相手はその場から一歩も動かない。ただ左手に構える剣を多少動かす程度で、学生の剣を弾き飛ばしていた。

「修行不足だな」

男性にそう言われた学生は深く礼をとると、そのままその場を去っていった。あいつ、確か総合一位のヤツじゃなかったっけ。専攻が違うから名前は忘れたけど。でもなんで剣なんか持っていたんだろう。

そんなことを考えている俺に、男性が声をかけてきた。

「お前も就労希望者か？」

「え、あ、はい！」

どうやら、彼がパメラディアの面接官らしい。マジか。

赤い目をしてるこの男性は、強いとかそんなレベルを超えている。蛇《へび》に睨まれているってこんな感じなのだろうか。とにかくヤバイって感じがした。

面接官は俺を一瞥《いちべつ》すると、さっきの学生が落としたままの剣を拾い上げ、俺に投げて寄こした。

へ？

「面接だ。構えろ」

「はい⁉」

なにこれ武術⁉　驚く俺に対して説明することもなく、男性は俺に切りかかる。

なんで⁉　さっきの学生も剣をふっとばされてたけど……面接がこれってどういうこと⁉　実技っていっても剣術なんて募集にかかってた分野と違うからちょっと説明欲しいんですけど‼

そう混乱しながらも俺はオッサンの剣技を紙一重でよけたり受け止めたりしてるけど、反撃の余地が全くみつからない。やばい、勝てるわけない。絶対ジリ貧だ。何かしないと……そう考え、しかしそこでようやく気がついた。

間違いなくこのオッサン、手を抜いている。

気迫は凄いし、気を抜けば殺されそうなのに、どこか「師が弟子の鍛錬《たんれん》を見るときは、こんな感じなんだろうか」と感じさせるのだ。

そうだ、これは面接だ。こうやって考える余裕を与えられているのは、何らかの答えを見つけろと言われているのだ。

俺は両足に渾身《こんしん》の力を込め、なんとか後ろに飛び退《の》いた。長々と考えたところでオッサンに見切られてしまえば、俺の剣は吹っ飛ばされて試験終了だ。オッサンは俺を追ってはこなかったが、再度踏み込めばそれで終わるかもしれないと思わせる雰囲気で立っている。パメラディア家が解析魔術師を欲しているなら――俺は一気に自分の中の魔力を目に集中させた。

そして気がついた。やっぱり、そうだ。

この面接試験、学院の実技試験より簡単じゃないか。

俺はオッサンとの距離を再び詰めた。オッサンの剣は恐ろしく速く感じられたけど、やっぱり俺がギリギリで受け止められる程度になっていた。すごいオッサンだな、なんて思いながら、俺も集中した。剣先がオッサンの剣にかすりさえすれば、それだけで俺の勝ちになるのだから。

「うおらっ‼」

渾身の一撃……というのは、決して大袈裟《おおげさ》ではなかったと思う。俺の剣とオッサンの剣はぶつかり、オッサンの剣は喪失した。物理的に破壊されたというわけではない。今オッサンの手元にあるのは剣ではなく、ただの草になっていた。

「正解だ」

驚くことなく、オッサンは無表情でそう言った。俺は脱力した。正解だったからよかったけど、今も相当心臓がバクバク言っている。

「まさか、ただの編んだツタに初級の幻術と魔力を纏わせてるだけとか……反則ですよそれ。どんだけ強化の魔力を込めてるんですか、化け物ですか」

かけられた幻術自体は、他者の魔力を流し込めばすぐに解けるくらいの目くらましでしかなかった。そもそもそれが見抜けないということは普通の魔術師ならあり得ない。このオッサンが纏う威圧感というものがなければ、俺も、俺の前に剣を交えていた学生だってすぐに気付けたはずだ。

でも、この人は武人というだけではなく魔術師としても相当な腕前だと思った。ツタで剣を受け止めるなんて、どんなレベルの強化をしていたのか俺には全く想像できない。

「今日はウソツキの日じゃないんですから、ドッキリとかしかけないでくださいよ。いい年なのに悪戯《いたずら》小僧ですか」

「面接と言っただろう」

「実技試験とか聞いてないですって。しかもすげー怖いし……」

思い出しただけでも身震いしてしまいそうになりながら改めてオッサンを見たが、やはりオッサンからは「獅子《しし》を背負っていそう」だとか「魔界の門番をしていそう」とか恐ろしいことばかりが思い浮かんだ。こちらが何を言っても全く動じなさそうな、それどころかねじ伏せてしまいそうな人である。

「お前の専門は？」

「解析魔術ですよ……ああ、もうまだ心臓がバクバク言ってる」

「……少し変わった言葉遣いだな」

「ああ、俺は貴族じゃないんです」

「それは見ていたらわかる」

「え、わかるんですか……って、こんな話し方してたらわからないわけないですよね」

オッサンの表情からは、貴族様の面接官だから庶民を馬鹿にする――なんて様子はなさそうだ。

ただ物珍しそうに俺を見ている気がする。

「お前は俺を見て誰だかわからないのか」

「へ？　面接官さんでしょう？」

「……俺の名はエルヴィス・パメラディアだ」

なんか聞いたことある名前……いや、家名だ。

エルヴィスは誰か知らないが、パメラディア。

え？　俺どこの面接うけてるんだっけ？

っていうか……この人それなりに年重ねてそうだよな。ってことは、あれ？

「……伯爵？」

「そうだ」

「え、マジですか！」

面接官が当主様とか聞いてないいんだけど‼

驚き叫んだ俺は、慌てて口に手をやった。

「いや、すみません！」

「……お前の名は？」

「すいません、名乗ってもらっててこっちは名乗ってなかったですね……俺、いや、自分はロニー・エリスと申します！」

「別に取って食いはしない。怯《おび》えるな」

呆れた様子の伯爵に、俺は背中の汗が止まらなかった。

やばい。実技試験より簡単な面接だとか思った俺、どこに行った。頼むから戻って来てくれ。しかし困ったことに平常心は戻って来ない。いや、うん、仕方ないけど。でも俺だって面接の時くらいは猫かぶるくらいのことはしたかったです。って、あれ？　そもそも面接官が伯爵じゃなくても面接官は面接官だから、どちらにしてももう遅かった……？

「お前は……南の方の人間か？」

「え？　ええ……そうですけど、えっと？」

「言葉に珍しい音が混じっているから気になっただけだ」

「はい……？」

突然の質問に驚いたが、確かに王都にいるなら珍しい発音だと思う。別に単語が違うなどといったレベルではないし、やや発音の高低が違うことは時々あるけど……どちらにしても、伯爵って地方の訛《なま》り方を聞き分けられるんだ。

妙なところで感心していると、伯爵は一つ俺に問いかけた。

「任務に就けば領地に赴くこともあるかもしれない。問題ないか？」

「それは特に」

「そうか」

伯爵はそう言うと軽く肘《ひじ》を曲げて手を上げた。すると少し離れていたところに控えていたらしい使用人らしき人がやって来た。

「書類だ」

「はぁ」

「あとは本だ」

「うわっ、重……」

渡された本は辞書みたいなものが三冊で、思った以上に重みがある。そして表紙からすでに字が細かい。そしてそのうち二冊の題名は『危険薬解説書』と『自然毒・合成』。もう一つは重なっていて見えないけど、多分似たようなものなんだろう。

え、なにこれ。物理的にも内容的にも重くないか……？

「卒業するまでに読んでおけ」

「読んでおけって……え、俺、合格⁉」

「……いらんのか？」

「いえいえいえ、読みますしありがたくお受け致します‼　……けど、俺、こんなんでいいんですか？　普通にいつもこんなんですけど」

今更すぎる質問だが、何で合格したのか俺にはわからない。いや、確かに実技は何とかクリアできたけど。

「長年のクセを今更直せるのか？　お前を見る限り、お前は考える前に思ったことを口に出すようだが」

「……反論の余地はございません」

「少なくとも俺は魔術師の言葉遣いは気にしない。暗殺者の気配と魔力に気付き解析術に長けていればそれでいい」

「え、あんさ……つ……？」

非常に不穏《ふおん》な言葉が聞こえてきた。手に持っている物騒《ぶっそう》な題名の本と合わせて、俺には「え、なんか俺どうなるの？」という妙な不安が押し寄せてきた。

でも、まぁ、パメラディアの家に仕えることになったからには軍へ所属するという心配はなくなったわけであり、初めは受けることも考えたクライドレイヌ家の募集カードは結局捨てた。

家族には、軍属でなく伯爵家に仕えることになったと卒業直前に伝えた。

両親からは入学時以上に喜ばれた。何かあれば商売に関わることを是非教えろと言われたが……守秘義務以前に、俺に商才がないのを忘れているのではないだろうか。ちなみに総合三位で卒業したと言ったが、そのことに対しては「ふーん」という言葉しか返ってこなかった。専攻別一位というのにも同様の反応だった。

金に関わらないことには全く興味がない家族だな、本当に。でも「将来安泰でよかったなぁ」と言って、祝ってはもらえた。俺も家族を安心させられて何よりだ。

そして伯爵から渡された課題図書は結局三冊では済まなくて、卒業までにその十倍以上に増えた。その結果、俺の部屋には今でも四十冊くらい鎮座している。この本たち、渡された当初は題名に気を取られて気付かなかったんだけど、相当高いし貴重なものだった。言われたことはなかったけど、伯爵は期待してくださってたんだなと気付いた時に思った。

そしてもう一つ……実際に就職してわかったのが、本当に毒殺って存在するんだなということだった。

「お屋敷に毒物投げ込もうなんて、物騒な人ですねぇ」

「ロニー、アンタはもうここはいいから、リンダとアメル呼んできて」

「はぁい」

俺は屋敷の裏で取り押さえた男をセシリー師長に引き渡すと、そのまま別のお姉様を呼びに行った。うん、ここに就職するまではあんな本を渡されたことにビビって、内心伯爵が他人に毒殺を仕掛けたりするのかと疑いかけたこともありました。すみません旦那様。

現在の俺の仕事は依頼物の解析を行うことはもとより、不審者の気配を察知してその捕縛《ほばく》を行ったり、やばい物が投げ込まれていたら魔術で解析して分解することだ。

「失敗したら死ぬわよ。貴方が生き延びても、貴方のミスで別の人間が死んだら殺すわよ」と初日に師長に脅されたが、俺は何とか今日も生きてる。頭にたんこぶを作ったくらいのことはあったから、無傷とまでは言わないけどね。

あ、一応俺もお屋敷で働くにあたって、卒業までには綺麗な敬語は身に着けようとした……が、それは努力だけで終わっている。極め付けには、顔をゆがめた旦那様に「気色が悪い言葉遣いをするな」と言われたし。ただ、それでも師長には咎められるけど。そういうことに関してはきちんとしてる人だもんな、師長って。

でも、俺はそもそも旦那様やご子息様の前にでることなんてそうそうないし、問題ないですよ……なんて思って言葉遣いをそのままにしていたら、ある日なぜか幼少のお嬢様が俺を解析師として指名していると言われてしまった。

いわく、お嬢様は何か実験をしたがっているらしい、と。そして一番若い魔術師がいいと言っている、と。

まさか子供のお守《もり》をするなんて、って最初は思った。だって実験がしたいとか言ってても、お嬢様ってまだ八歳だし。俺が八歳の頃なんて、積荷の空箱で遊んで怒られたりしていた覚えしかない。

けれど顔を合わせてみると、パメラディア家のお嬢様は俺の想定を超えるしっかりさんだった。まずお嬢様の周りにある本の山がすごい。地理学の本なんて大量に読んでどうするの。庶民じゃなかなか入手できない専門書だし、そもそも普通の八歳児でそれは多分読めない。読んでる途中に飽きるか、寝ると思う。

そうして俺を最初から驚かせたお嬢様の希望は、草花から香油を作りたいということだった。そして俺はそのお手伝いをすることになった。

正直に言うと、俺は香りなんて興味なかったし今もないけど、純粋に新しいことに興味はあったので、なかなか楽しいことに巻き込まれたなと思った。そして、最初に子守《こもり》だとか思ったことを内心申し訳なく感じた。

でも、後々になって思った。子守というのも、あながち間違っていないかもしれない、と。

例えば八歳の時、お嬢様はお忍びを非常に満喫されましたけど……俺、あの後大変だったんですからね？

「ロニー。小さな子供が街でパメラディアの魔術要素によく似た魔術を使用したらしいという話があるのだが、どう思う？」

俺がこうして旦那様に睨まれたこと、お嬢様、知らないですよね。心臓が凍りましたよ、本当に。

それから、つい最近。

「ロニー。コーデリアが不審な子供を招き入れているが、その時お前は何をしていた？」

こんな呼び出しを受けたことも、お嬢様はご存じありませんよね……！

「お前は側にいたはずの時間帯だろう、何をしてたんだ」なんて言われているような空気の中、「紅茶を淹れようとしてたので、お嬢様の様子は見てませんでした」なんて言えるわけがない。そもそもあの件に関しては、俺がいてもお嬢様は招き入れちゃったと思うんですけどね！　お嬢様だって怪しいってわかっていた……というより、旦那様だってお嬢様から報告を受けてるはずなのに‼　まぁ、旦那様だってそれを理解した上で釘を刺してるんだとは思うけどさ。

でもお嬢様。あまり無茶されると、俺の命がいくつあっても足りません。

凄く楽しい毎日だけど、お願いだから一つだけ言わせてください。そういう呼び出しを受けた時の旦那様は、あの日の面接の時より数倍怖いですからね‼

頼むから、本当に無茶をしでかすのはやめてください。多少振り回してくれても構わないけど、〝ちょっと手のかかる年の離れた妹〟の範疇《はんちゅう》で、ぜひとも良い子でお願いします‼

第十六幕　幼馴染の依頼

闇ギルド掃討作戦から数日後。

「じゃーん！　どうよ！　似合う⁉」

朝からララの元気な声がコーデリアの部屋に響いた。ララの格好は背丈に応じた、少し小さなメイド服だ。

ララは事件後もパメラディアの屋敷に留まっていた。理由は「帰る所も別にない」とのことだったからだ。彼女は自身の出自について詳しいことを話そうとしなかった。だからコーデリアも無理には尋ねなかった。帰るところがあるのなら手配をしようと思ったが、そうでないなら話は早い。正式に雇えば彼女の居場所も作れるのだから。

というわけで、コーデリアの研究室に増えた研究員の一人、ロニーの助手のララは、今は午後のみ仕事をしている。仕事の内容は子供が使いやすい筆記用具の作成だった。

ララは勤務時間が半分であるため給金も他の使用人の半分だが、衣食住が揃う職場故に生活費はほとんどかからない上、全額がお小遣いになる状態だ。むしろララはその給金でさえいらないと言ったくらいだった。

そのララが午前中は何をしているかというと、生徒としてアイシャのところにマナーを学びに行っていた。

「アイシャ姉さんの授業は楽しいわ。淑女《しゅくじょ》とはなんたるものか、っていうのを教えてくれるもの」

「ララ、アイシャ姉さんではなくアイシャ先生よ。楽しいという割に実践は難しそうね」

本来なら屋敷の使用人に任せ〝使用人の心得〟を教えた方が良いのだが、ララの奔放《ほんぽう》っぷりに使用人の方が困惑を隠さなかった——というよりは、仕事に支障が出てしまうということに困惑していたという方が正しいだろうか。手に負えないとまではいかないものの、仕事を教えることは困難を極めていた。

なにせララは貴族社会の常識が全くわからないのだ。

このままではどちらの得にもならない。そう判断したコーデリアはアイシャに相談したのだ。なんとかマナーを教えてはくれないだろうか、と。

アイシャはもともと子供好きということもあり、快く引き受けてくれた。そしてアイシャは使用人とはなんたるかではなく、淑女としてのマナーから彼女に教えることを提案した。淑女が望んでいることを知るのなら、淑女としてのマナーを身に着けた方が早いというのがアイシャの提案だが……さて、この賑やかな娘がどこまで落ち着くのだろうか。

「あら、最低限は身に着けるわよ。私、お嬢様の護衛ができるようになりたいもの。それをするにはマナーを覚えないといけないんでしょう？」

「護衛とは随分頼もしいことね」

「だから……もう少しマナーを覚えたら、今度は武芸の稽古もしたいの。どこでできるか、教えてくれる？　私、暗殺の仕方しか知らないもの！」

そう、まるで犬が尻尾を振るかのようにはしゃぐララにコーデリアは苦笑した。そうしていると実験室のドアが開いた。

「ただいま戻りましたー、お嬢様、蒸留水《じょうりゅうすい》とりあえずこれだけもらってきたんですけど」

「ロニー！　私もスイレンの色を変えられるようになったよ！　見たいでしょ⁉」

「うわっ、ちょ、落とす！　落ち着けって‼　ってか一人であの森には行くなって言ってたのに、いつの間に……」

飛びつきながら報告するララに驚きながら、ロニーは慌てて荷物を抱え直していた。やはりコーデリアにはララに尻尾と耳の幻影がついているように見えてしまった。

（……まあ、護衛より普通の侍女でいいっていうのは、今は言わないでおきましょうか）

ララとしては、きっと彼女みたいな者がコーデリアに近づいた時のことを考えてそう言ってくれているのだろう。

しかしそんな戯《たわむ》れる二人を見ていると、丁寧なノックが部屋に響いた。コーデリアはロニーとララにひとまず静かにするよう伝えたのち、どうぞと入室を許可した。

「お嬢様、お客様ですよ」

「よう、ディリィ……って、何だ。小さいのがいるんだな」

「あら、ヴェルノー様。いらっしゃいませ」

エミーナに連れられてやってきていたのは、ヴェルノーだった。

ヴェルノーはララをじっと見た。心なしかララは引き気味だ。

「どこで拾ってきたんだ？」

訝しがるというよりは純粋な疑問なのだろう。幼すぎる使用人を目の前にすれば、ヴェルノーの反応も不思議ではない。

コーデリアはしれっと答えた。

「彼女は将来有望な魔術師の卵ですよ」

「ふうん？　まあ、別にそれでもいいけど」

「それより、今日はどのようなご用事で？」

そう尋ねながらコーデリアはララとロニーに目配せをした。ララもコーデリアとのやりとりでヴェルノーがどのような立場の人間であるかは理解したらしい。アイシャの訓練の賜物といえる一礼を披露し、そのままロニーと共に席を外した。

ヴェルノーは二人が退出するのを見ながら用件を告げた。

「俺はいつも通り茶をいただくついでに、ジルからの手紙を渡しに来た。ついでに母上からも手紙がある」

「まあ、サーラ様から？」

「ああ。礼状と茶会の招待状が入ってるって聞いてる」

そう言いながらヴェルノーはコーデリアに二通の封書を手渡した。コーデリアはそれを受け取りながらエミーナに茶の用意を依頼する。

手紙の中身は恐らく先日送りなおした香油のことなのだろう。茶会の招待状もあるというなら、少なくとも喜んではもらえたようだ。一応はほっとするが、どの程度喜んでもらえたのかは中身を見てみなければわからない。だから今すぐ封を切りたい衝動に駆られたが、ここはヴェルノーの前だ。コーデリアはぐっと堪えた。

そんなコーデリアの前で、ヴェルノーは椅子に腰を下ろした。

「ディリィがこの間くれたやつが一番気に入ったみたいだ。香油も気に入っていたが、芳香浴《ほうこうよく》のほうがよりお気に入りらしい」

芳香浴とは精油を温めて揮発《きはつ》させ香りを広げて楽しむ方法だ。そのための器具として、コーデリアは蝋燭《ろうそく》を使用した香炉《こうろ》をサーラに贈っていた。その器具を贈った際には、新たに樹木のハーブであるマートルの精油も贈っている。マートルには、穏やかな気持ちにさせる効果と空気清浄の効果がある。新たな精油は一本だけだったが、そのほかに既に試供品として贈った精油のブレンドについて提案した書いた紙も同封した。

「母上は、次に何が出てくるかとても楽しみにしてらっしゃるぜ」

「では、今日はこれも持って帰っていただこうかしら」

「これは？」

「ラベンダーのローション剤です。使う前によく振っていただき、コットンに染み込ませて肌に優しく塗《ぬ》ってください」

「わかった。そのまま伝えるよ」

八歳の時に採取したラベンダーは、使用人の手を借りながらかなり量を増やしていた。現時点で温室だけでは植える場所が足りず、一部は王都の端にある耕作地帯の畑を借りて栽培を始めている程だ。

山以外、かつ温室以外で広く栽培するための実験を兼ねられていると思えばとても有益なことだが、屋敷から少し離れた場所というのがコーデリアにはなかなか痛い問題点だった。いかんせん手入れや観察に少々面倒が生じてしまう。もっともそれも安定的な収穫が実現できるようになれば委《い》託《たく》するという方法もある。薔薇ほどではないとはいえ、採油率の低いラベンダーの精油を将来量産しようと思えば、自分たちだけでは到底無理なのだから。

（でもその場合、パメラディアの領地に委託できればいいんだけど……）

コーデリアはそんなことを考えていたが、ヴェルノーの興味は化粧品には向かなかったようで特に何も尋ねられることはなかった。

しかし、今机の上に広げられていたララの仕事に関しては興味を惹《ひ》かれたらしい。

「これは？　今度は何を作ってるんだ」

「そちらはララ……さっきの子供の研究です。文字を習い始めた子供が使いやすい文房具作りを任せています」

「そっちのほうが面白そうな研究だな」

そう言いながら、ヴェルノーは木製の細い円柱を持ち上げた。そして角度を変えながらまじまじと眺めた。

「これは黒炭《こくたん》か？　いや、別の何かか……？　こんなものをわざわざ木に埋めようなんて、よく思いついたな。だが、こんなものよりインクの方がはっきり見えるだろうし良くないか？」

「まあ、それはおいおい出来上がってからということで」

「じゃあ出来上がりを楽しみにするとしよう。これがあの小さいやつの研究なら、ディリィは今日は何をしてたんだ？」

「私はお兄様たちに日頃の疲れを癒していただこうと、プレゼントする品を考えておりました」

「ふぅん。じゃあ特別急ぎの用事をしていたというわけではないな。母上の手紙は後日使いをよこしてくれたらいい。ジルへの手紙だけ預かって帰るから、今すぐ読んで返事を書いてくれ」

いつものことであるが、ヴェルノーは強引だ。しかし書かねば彼はきっといつまでも茶と菓子を要求しながら居座り続けるだろう。それも困る。

コーデリアは、ちょうど茶の用意を済ませ戻ってきたエミーナに便箋《びんせん》の用意を頼んだ。そしてそれが届くまでの間にジルからの手紙を開き、中身に目を落とした。

『先日はありがとう。今度、この前言っていた星降る丘に案内したい。夜、都合が良い日はありませんか』

ジルが言っていることは、夜会での会話の続きだろう。

コーデリアは目を何回か瞬かせ、そして苦笑した。

確かに魅力満載のお誘いではあるが、夜に令嬢が屋敷から抜け出すなど不可能に近い。外部からの侵入に対し万全の体制を敷いているパメラディア家から抜け出す方法など、コーデリアには思いもつかない。

（さて、どうお返事させていただこうかしら）

一呼吸おいてそう考えたコーデリアは迷った末、ジルと同じように短文を認《したた》めた。

『こっそりと抜け出すことが可能でしたら、いつでも良いのですが。パメラディアの警護もなかなか優秀なので難しいでしょう』

もちろん〝星降る丘〟というものには興味があるし、ジルが以前に言っていた白い花にも興味がある。その白い花が夜に綺麗に咲くというのなら、コーデリアには一つ思い当たる花があるのだ。そしてそれが予想通りの花であれば、その株はぜひとも持ち帰りたいと思っている。

（……もっとも、どう考えても無理よね。事情を話せば、護衛付きの条件なら可能かもしれないけど、ジル様は人目につくことを嫌がってらっしゃるご様子だし）

ならば、ここは諦めるしかないだろう。

仮に男に生まれていたのなら、もう少し抜け出す方法……例えばヴェルノーをダシにする手段もあったかもしれないが、今そんなことをすれば確実に誤解が生じる。余計にややこしくなる。そして自分もヴェルノーも互いに不幸にしかならないとコーデリアは思ってしまった。

「なんだ、ずいぶん妙な顔をして」

「いえ、別に。それより今日のジル様は一段とお忙しかったのではないですか？」

「なんでだよ」

「凄く字が走っておられますし、いつも以上に短文でしたので」

手紙の内容を話すわけにもいかず、コーデリアはそう誤魔化した。するとヴェルノーは「あー……」と何やら思い返したような様子を見せた。

「ジルもそろそろ忙しいからな。覚えなきゃいけないことが多いんだよ」

「その言い方ですと、ここに来るヴェルノー様はいつでも暇ですの？」

「暇じゃないけど、良いだろ、別に」

「良いか悪いかを問われれば、お越しいただく前にご連絡をいつでもお待ちしておりますとしかお答えすることはできませんが……ひとまずお忙しいヴェルノー様は早くお帰りにならないといけないということですね？」

そう言いながらコーデリアはジルへの手紙をヴェルノーに差し出した。ヴェルノーはそれを受け取り、それからエミーナに空になった皿を差し出した。

「忙しいが、ケーキをまだ食べ終えてないんでね」

「今食べてらっしゃったでしょう。しかも二つも」

「今更細かいことを気にするな。二つも三つもかわらないだろう。母上もディリィに用意するなら俺にも用意してくだされればいいのに」

「……」

大変素晴らしい甘党に少々呆れながらも、コーデリアも自分の分のケーキにフォークを入れた。今日のケーキはミルクレープで、生クリームとクリームチーズを合わせた生地に薄切りにされた果物がたくさん入っている。幸せの食べ物だ。

（……でも『そろそろ忙しい』か。ヴェルノー様が仰るのだもの、ジル様も相当な家にお生まれのようね）

もちろん幼い頃からヴェルノーと仲が良いという状況からも、それは何となく感じていた。それがようやく断定に変わったというだけのことだ。しかし、どこの家の人間であるかは全く見当がつかないままだ。まさかとは思うが王族の関係者である可能性も……いや、ないと信じたい。

（いずれにしろ、今はわからなくても将来わかるときはくるでしょうし）

今は子供なので活動範囲が狭いだけだ。大人の仲間入りを果たせば、そのあと探し出すことは難しいことではないはずだ。

「……まあ、気にならないと言えば嘘になりますが」

「何か言ったか？」

「いいえ、独り言です」

なぜ、わざわざジルは自身のことを伏せているのか、コーデリアには甚《はなは》だ疑問だ。しかし悪意があるわけでないことはわかっている。話したくないことを聞きださなければいけないというわけでもない。

ならばあえて尋ねることもないだろう。そう思いながらカップを手に取り紅茶を口にしようとしたコーデリアだが、そこで自分の方をじっと見ているヴェルノーと目が合った。

「ところでディリィ。実は……今日は俺の頼み事も持ってきている」

「……何でしょうか。急に改まられますと、嫌な予感しか致しませんが」

ヴェルノーがコーデリアに頼み事をするのは珍しい。だからこそ不穏な空気を感じてしまう。しかもヴェルノーは、一度は合った目を若干逸らせ沈黙してしまっている。

怪しい。あまりに怪しい。

「ヘーゼル・ヘイル伯爵令嬢を祝うダンスパーティに一緒にいってくれないか」

思わずコーデリアは紅茶を吹き出しそうになった。

ヘーゼル・ヘイル。

その名前は知っている。なぜなら、彼女もまたゲームに出てきていた一人と一致する名前であるからだ。ただしゲームの中の彼女は、『コーデリア』とは違い高飛車でも陰湿でもない。一番の特徴といえば非常に勝負を挑むのが好きで、勝気。あとはゲーム内でのミニゲームの難易度が無駄に高く、面倒くさいということくらいだ。

彼女のことは、コーデリアも現世で既に認識していた。

それは先日のフラントヘイム家の夜会でのことだ。ヘーゼルはゲームの中と同じように、ヴェルノーに嬉々として話しかけていた。ゲームとの差異を指摘するなら、ヴェルノーもヘーゼルもゲームの中より年齢が幼いので身長が低いということくらいだ。ヘーゼルがヴェルノーの側にいようとするところになんら変わりはなかった……そう、つまりゲームと同様、ヘーゼルは〝ヴェルノールート〟のライバル令嬢として存在しているようなのである。

だがそうであれば、コーデリアの人生にとってヘーゼルは害悪とはなり得ないはずだ。ただし、〝通常ならば〟との言葉が付くが。

「……あの、ヴェルノー様。念のためにお聞かせ願いたいのですが、それはヘーゼル様のお誕生日を祝う会でございますよね」

「ああ」

「なぜ私をお誘いになるのですか」

そう、なぜヴェルノーに熱を上げている令嬢の注目を浴びるような立場に自らが立たねばならないのか。これはコーデリアにとっては良いことなど全くない話である。むしろ誤解を与えかねない行動など謹《つつし》んで辞退したい。平穏を脅《おびや》かす第一歩になりかねない。

そう思いながらも友人の頼み事ではあるので、一応は話だけは聞こうと思った。そう、一応は。

ヴェルノーは気まずそうに視線を泳がせながらそれに答えた。

「……行ったら彼女と踊る羽目になりそうだからだ。いや、絶対なる」

「一曲、長くて二曲の辛抱《しんぼう》でしょう」

「それだけで終わるなら……だがとにかく彼女の勢いは凄いんだ。本当に凄いんだ。だが連れがいれば彼女も多少は静かになるかもしれない。その希望に賭けたいんだ」

ひどく切実にいうヴェルノーは、余程ヘーゼルのことが苦手であるらしい。これだけヴェルノーをナーバスにできる令嬢はなかなか存在しない気がする。そう思いながらもコーデリアは両手を組んで額を支えているヴェルノーを眺めた。

(……実は私のところにも来てるのよね、ヘイル家のダンスパーティの招待状)

ヘーゼルの誕生日会であり、また子供たちのための会ということを鑑《かんが》みてだろう、記されている時間は茶会とそう変わらない時間帯だった。

コーデリアはフラントヘイム邸ではヘーゼルと直接話はしていない。それでもあの場にいた一員として「もっと親睦《しんぼく》を深めましょう」という好意的な招待状なのだろう……と、信じたくはある。ただ、ヴェルノーがコーデリアを〝ディリィ〟と呼んでいたのも聞こえていただろうから、そこが少し引っ掛かっているだけで。

（あの日の私を見るヘーゼル様の目、文字通り燃えてるみたいだったのよね。ヴェルノー様と一緒に行くなんてことになれば、とても面倒くさそう）

友人の悩みなら手を貸したいが、コーデリアもわが身は可愛い。

「他のご令嬢を誘ってみてはいかがかしら？」

だから要望の代価となり得る提案を示してみた。しかしそのコーデリアの代案をヴェルノーは鼻で笑った。

「他のご令嬢に『ヘーゼル嬢と一緒にいるのが億劫《おっくう》だから一緒に行ってくれ』なんて言えるわけないだろ」

「そこは伏せてくださいよ」

「それだと余計な勘違いを生むかもしれないだろう。その点ディリィなら間違いない。面倒は起きない」

「私と行っても、周囲に誤解を与える可能性はございますよ」

「それは俺が否定しておけばいいだろ。なぁ、いつもジルに取り次いでやってるんだからさ、いいだろ？」

徐々にヴェルノーの言葉が〝お願い〟から〝強制〟に変化している気がする……そう思いながら、コーデリアは額に手をやった。

「お取り次ぎの件は私ではなく、ジル様に言われてみては？　私は直接でも構いませんよ」

「じゃあ、ディリィの返事は今回はなしだって言っとく」

「何と悪質な」

ちゃんと書いたではないか、と、コーデリアはヴェルノーを見る。だがヴェルノーは封筒を手にして左右に振るばかりだ。いいだろとその動作が言っている。

コーデリアはため息を隠さなかった。

しかし考えようによってはヴェルノーも不憫なものである。わずか十二歳……いや、十三歳になったばかりで令嬢から逃げる必要に迫られているのだから。

（……可哀相といえば可哀相よね）

我が身は可愛いが、まあ、友人の苦悩も察せないこともない。

「仕方ありませんわね」

「さすがディリィ！」

「……」

了承の意を示した瞬間、ヴェルノーの目の色は変わった。にやりと笑うその顔が何とも言えない小憎たらしさを放っている。やはり断ればよかったかと思いつつ、いまさら撤回できないコーデリアも微笑んだ。

ただ、次のヴェルノーの訪問時にお菓子を減らすくらいの仕返しはきっと許されるだろう。そう思うと同時にコーデリアは心の中で誓った。もう二度とこのタヌキモードには騙されない、と。

第十七幕　直往邁進《ちょくおうまいしん》、誤認の恋敵《こいがたき》

ヴェルノーとの約束の日はあっという間にやって来た。

ヘーゼルの誕生日当日。コーデリアは支度を終えた後、鏡の中の自分とにらみ合っていた。

「ヘーゼル様のお誕生日自体は心から祝福させていただきたいけど、気が重いわ」

同じ女性から誘いを受けたというなら喜ぶべきことなのに、楽しみだと無邪気に喜べない。ここまで気乗りがしない外出は初めてだ……などと思いながら、諦めて鏡から視線を外した。

「お嬢様、ヴェルノー様がお越しです」

「今行くわ」

エミーナに促され、コーデリアは自室を後にする。ヴェルノーはエントランスで待機していたらしく、コーデリアを見るなり満面の笑みを浮かべた。非常に見事な作り笑いだとコーデリアは思い、全く同じように作り笑いを返した。

「ご機嫌いかが？　ヴェルノー様。本当に迎えに来てくださるなんて、少し驚いていますわ」

「別々に行ったら意味がないからな。気にするな」

そうでしょうとも。

などと口に出すことはできないが、コーデリアはその堂々たる発言に心の中でため息をついた。

ヘイル邸で少し話す程度では、ヘーゼルの猛攻を防ぐ足しにもならないというのがヴェルノーの考えだろう。

「それに別々に行った後でディリィの気が変わってしまえばこの作戦も無駄になる」

「今更逃げませんわ。けれどこれは貸しでございますからね」

「あー、わかった、わかった」

大袈裟に両手を持ち上げ肩をすくめたヴェルノーにコーデリアは「思っていた以上に面倒なことを引き受けたかもしれない」と認識した。だが既に引き受けてしまった依頼だ。

それに堂々とした発言とは裏腹に、彼の視線はいつもより落ち着きがなく、泳いでいる。

（……ヴェルノー様にも苦手なものってあったのね）

もちろん苦手なものがないとは思っていないが、いつもの飄々としている様子とはだいぶ違う。実に子供らしい反応だ。それを見ていると嵌《は》められたという意識も少し和らいでくる。

「なんだか今日に限っては私がヴェルノー様のお姉様になった気分ですわ」

そんなことを言ったコーデリアにヴェルノーが向けた眩《まぶ》しい笑顔からは「だったら全力で援護してくれ」と聞こえてくるようだった。

ヘイル邸に到着し、コーデリアは屋敷での気軽なやりとりも随分甘い認識の上で成り立っていたのだと、いやでも認識させられてしまった。

ヘイル邸は白い花が咲き誇り、とても落ち着いた雰囲気を醸《かも》し出していたのだが……ヘーゼル・ヘイル伯爵令嬢はやはりその対極に位置する人物だった。

「ヘーゼル様。本日のお招き、ありがとうございます」

「コーデリア様、ようこそおいでくださいました。ぜひ楽しんでいってくださいませ」

すぐに会場で目が合ったヘーゼルにコーデリアは柔らかく笑んで挨拶し、ヘーゼルもそれに応えてはくれたのだが、その目が笑っていないことに気付かないわけがなかった。ヘーゼルの目は、明らかにライバルを見つけたと警戒している様子だった。

コーデリアは目を逸らしたくなった。早まったかもしれない、と。

だが幸いにも先に視線を外したのはヘーゼルだった。ヘーゼルの視線はそのままヴェルノーに向けられた。そしてその笑顔は満開の花のように変化した。

「ヴェルノー様もお越しくださいましてありがとうございます！　ねぇ、ヴェルノー様。このドレスどう思われます？　一生懸命選んだのですよ！」

「あ、あぁ。良いんじゃないか」

「まあ、本当⁉　ヴェルノー様に似合うと言っていただけて、それだけで三日三晩悩んだ甲斐《かい》がありましたわ！」

心の底から喜ぶヘーゼルに、コーデリアは心の中でさえ突っ込むことができなかった。彼女は思った以上に強烈な少女だった。それこそ、ゲーム以上の人物だ。そう思うと身に及ぶ危険も察知

せざるを得ないわけで、コーデリアは少し後ろに下がろうと思ったのだが……それはヴェルノーによって阻《はば》まれた。

「ディリィもそう思うだろ？」

「えっ？　ええ、もちろん」

とっさに反応したのはいいものの、ヴェルノーの言葉にヘーゼルの機嫌が悪くなるのが目に見えるようだった。表面上は笑顔を保っているが、やはり目が違う。

当然だろう。ヘーゼルは単にヴェルノーに褒めてほしいだけなのに、彼がコーデリアに同意を求めたことによりヴェルノーの言葉ではなく、一般論のように聞こえてしまうのだから。

しかしそのにらみ合いも長くは続かなかった。ヘーゼルの別の友人が彼女を訪ねてきたことにより、彼女はそちらへの挨拶に出向いてしまったからだ。ヘーゼルが離れたところで、コーデリアは小さくヴェルノーに抗議した。

「ヘーゼル様の好意に気付かない振りをなさるのは結構ですが、巻き込まないでくださいませ」

「その振りをするために必要だってわかるだろう」

「これでは貸し一つどころか、二つにしていただかなければ割に合いませんわ」

コーデリアの苦情も、ヴェルノーは乾いた笑みで受け流すだけだ。迎えの際には子供らしいと思ったが、それは大きな認識違いであったようである。

（これだと、いつヘーゼル様から恋敵と認識されてもおかしくないわね……）

離れた場所からも、時折ヘーゼルの視線が飛んでくるのが嫌でもわかる。

私のことなど気にせず、ヴェルノー様を見てください。

そうコーデリアは心の中で祈るのだが、へーゼルには全く通じていないだろう。

（ヴェルノー様とのお約束はここに一緒にくるというだけだから、へーゼル様の恋路《こいじ》を邪魔する意図まで私にはないのだけれど）

好きな人がいるならライバルに喧嘩《けんか》を売るのではなく、自分をどんどんアピールしていくべきだとコーデリアは思う。ただそれで本当に上手くいくかと問われれば答えに窮《きゅう》するのだけれど。偉そうなことを言ったところで、コーデリアは初恋もしたことがないのだから。

（……って、あら？　そうだとすると、私、へーゼル様よりお子様なの？）

いや、それはないはずだ。そうでないと信じたい。

「ディリィ、どうしたんだ」

「いえ、何でもございませんわ。それよりも……あら？　へーゼル様がこちらに戻ってらっしゃいますわ」

「げ」

周囲に聞こえない音量とはいえ、さすがに「げ」はないだろうとコーデリアは思いながらへーゼルに再び微笑みかけながら尋ねた。

「へーゼル様、いかがいたしましたか？」

少々険《けわ》しい表情でやって来たへーゼルは、コーデリアを見るなりその表情を眩しすぎる程の笑顔に変えた。それはコーデリアが思わず後ずさりをしたくなるほどの綺麗な笑顔だ。

「突然ですが、コーデリア様は馬にご興味がおありなのよね？」

「……馬、ですか？」

「今度、馬術の競技会がありますの。女性の参加にも制限はないのだけれど、年少の部は女性が本当に少ないと聞いておりまして、私一人かもしれませんの。ご興味がおありなら、一緒に参加いたしませんか？　コーデリア様も綺麗な馬に乗られるとお聞きしていますし。同年代で競い、互いを高めあうのも良いことだと思いますの」

コーデリアは彼女の発言に少し驚いた。確かに馬には乗っているが、ヘーゼルにそう言ったことなど一度もない。知っているのは家族と使用人とヴェルノーやジルくらいだ……と思い、コーデリアはヴェルノーを見た。

彼はごく自然にコーデリアから顔をそむけた。なるほど、どういう経緯かはわからないが、原因はヴェルノーらしい。

しかし情報源はヴェルノーであることが確定しても、もう一つの驚きは消えなかった。それはヘーゼルも乗馬を嗜んでいるということだ。ヘーゼルが言う通り、競技会に出ようとする少女などヘーゼルくらいだろう。

とはいえコーデリアも驚いてばかりはいられない。すぐさまどうやって勝負を回避しようかと考え始めた。遠乗りに行くために始めた乗馬だ。馬術競技など考えたこともない。

（ルールも知らないし、出るとなると練習に打ち込まなくてはいけなくなるし……そうなると実験に使える時間が減ってしまうもの）

しかし理由も言わずに断ることは憚《はばか》られた。それではまるで逃げたようだ。そしてヘーゼルに気圧《けお》されたと周囲から見られるのも、パメラディア家の娘として望ましくない。

そう考えたコーデリアは頭を回転させ、そして一つのとても素晴らしい言い訳に辿りついた。

「私はお兄様の遠乗りによくご一緒させていただいているのですが、競技会への出場は考えたことがございませんでした。でも、もしヘーゼル様が出場なさるのでしたら、応援に駆け付けますわ」

コーデリアの返答にヘーゼルは目を丸くした。そして同時に、その発言はヘーゼルとコーデリアの会話を見守っていた周囲の少女たちのざわめきを誘った。

ここぞと少女たちは周囲の友人と言葉を交わし、やがてその中の一人がコーデリアに話しかけてきた。

「あ、あの、お話し中失礼いたしますわ。コーデリア様、そのお兄様というのはサイラス様ですか？　それともイシュマ様……？」

「イシュマお兄様ですわ。サイラスお兄様はお休みの日は領内の資料に目を通されていることが多いですね」

コーデリアの声を聞いていた少女たちから、きゃあっと黄色い声が上がる。声は上げずとも顔を赤らめている少女もいる。

……ずいぶんな人気ですね、お兄様たち！

長兄《ちょうけい》も次兄も、名前が出ただけでこんな小さな子供たちが落ち着かなくなるほどの人気を誇っているとは今まで知らなかった。もちろんファンがいてもおかしくないとは思っていたが、これほどまでだとは。そう思いながらも一番大切なヘーゼルの反応をコーデリアが窺うと、ヘーゼルはやや俯いた様子だった。

コーデリアは少し焦った。本日の主役であるヘーゼルよりも周囲の少女たちが二人の兄の名に気を取られているのはやはり快い状況ではないのだろう、コーデリアはそう思い新たな話題を彼女に投げようと思ったのだが……ふと顔を上げたヘーゼルの瞳が先ほど以上に燃え上がっていることに気づき、言葉を止めた。

「では……私も遠乗りを覚えますわ」

「え？」

震えながらも静かに告げられたヘーゼルの言葉は、コーデリアの想像から大きく外れたものだった。首を傾げたくなったコーデリアに、ヘーゼルは堂々と言葉を続けた。

「コーデリア様が競技会に出場なさらないのはとても残念ですわ。でも、私は貴女と競いたく思っていますの」

「そうなのですか？」

「ええ。ですから私が遠乗りを覚えますわ。だって同じ舞台に立たなければ私の乗り手としての力が貴女に伝わるとは思えませんもの。私は遠乗りの経験はございませんが、きっとコーデリア様にできて私にできないということはありませんわ」

「……」

遠乗りで勝負なんてあるのだろうか。

そんなコーデリアの疑問など吹き飛ばす勢いで、ヘーゼルはコーデリアに堂々と言ってみせた。

（……それよりも、なんとしてでも勝負に持ち込むおつもりなのかしら）

できればそれはやめてほしい。コーデリアにとって何一つ得がない勝負である。だが、一度火が付いたヘーゼルはコーデリアの表情などもう見てはいなかった。そして彼女はコーデリアに近づき、耳元に一つの声を落とした。

「だから、ヴェルノー様は渡しませんわ。私は貴女に勝ってみせますわ」

それは可憐《かれん》な少女には似合わぬ地を這うような声で、まるで戦いに出る兵士を連想させる声だった。コーデリアはいろんな意味で固まった。どうやらついに完全な恋敵だと認定されてしまったらしい。もっともそれはある程度覚悟しつつあったことではあるのだが……。

ここでもしも「誤解ですよ、ヘーゼル様」と言えればどれだけ楽になることだろう。けれど彼女は既にコーデリアから体を離してしまっており、こっそり耳打ちを返すことはかなわない。もちろん普通に話せば声は届くだろうが、ヘーゼルはわざわざ周囲に聞こえないようにコーデリアに宣言したのだ。つまり周囲に聞かせたくないと思っているのだろうから、いくら彼女の誤解を解きたいと思っても、コーデリアはデリカシーに欠ける行動はとりたくなかった。もっとも、ヘーゼルの行動自体で周囲の大半は彼女の思いになど気づいてしまっている気はするが。

（……かといって、自身を渦中に放り込みたくないのだけれど……）

仮にヘーゼルが嫌な少女であれば、コーデリアも対応がとりやすかった。

（面倒ではあるけど、嫌いな性格ではないわ）

多少裏表がありそうな性格ではあるものの、へーゼルはあくまで堂々とコーデリアに向かってきている。乗馬の件だってそうだ。自らに有利な舞台を潔《いさぎよ》く捨て、相手の土俵《どひょう》に上がることを表明した。実に度胸がある令嬢だ。視線は怖いが、コーデリアとしては好感を持ってしまう。ただそれだけに逃げを示唆《しさ》すれば後々倍になって返ってきそうで、それはそれで怖いとも思うのだが。

結局コーデリアが何も言えないうちに、へーゼルは彼女の母親に呼ばれてコーデリアから再び離れた。どうやらダンスの一曲目がはじまるらしい。そんな彼女のお相手は彼女の兄……ではなく、彼女の兄に見えるほど若い、彼女の父親であるヘイル伯爵だった。

「……凄いのに目を付けられたな」

「まるで他人事のように仰いますね」

いつの間にかコーデリアから離れ友人らしき少年たちと遠巻きに見ていたらしいヴェルノーに、コーデリアは少々の恨みを込めて返事をした。ただし声色はあくまでも淡々としたものだ。これが人前でなければもう少し感情を隠さなかっただろうが、周囲の人たち、そしてヴェルノーの側に立つ少年たちの前でみっともない姿をさらすわけにはいかないのだ。

コーデリアはヴェルノーに返事をしたその流れで、彼の左右に立つ少年たちに微笑みかけた。

「はじめまして。私はコーデリア・エナ・パメラディアと申します」

その挨拶で、ヴェルノーの左右にいた少年たちは固まった。

……固まった？

コーデリアは首を傾げた。声が聞こえなかったわけではないだろう。特段奇抜な挨拶をしたわけでもない。少し困惑したコーデリアはヴェルノーに目配せすると、ヴェルノーはため息をついた。

ここでため息？

コーデリアが訝しむ中、ヴェルノーは少年らを軽く小突《こづ》いた。

「ほら、自己紹介」

そのヴェルノーの短い一言で、少年らははっとしたように瞬きを繰り返した。

「失礼しました、僕はクリフトン・ハックです」

「マイルズ・ガネルです」

ハック伯爵家の領地は造船事業が盛んな土地であり、ガネル子爵家は元々貿易商から成功した家のはずだ。ともに有名かつ今を時めく家柄である。

さすがはフラントヘイム家のご子息、ご友人も豪華だとコーデリアは思った。そして同時に、自分の知らない世界を知るだろう彼らに興味を持たずにはいられなかった。

「クリフトン様は海で船に乗られたことがございますか？ 私、まだ海を渡った経験はございませんの」

「ええ、もちろん。海は僕にとってはとても近い存在です。よろしければ少しお話しさせていただきましょうか？」

「ええ、ぜひお願いしたいですわ！」

「あの、コーデリア様！ パメラディア領の木材は外国からも注目されております。ぜひ私に詳しく教えていただきたく思います」

「ええ、もちろん。我が領土の木材にご興味がおありだなんて、嬉しい限りですわ」

とても穏やかで真面目そうな少年たちのはにかんだ笑顔に、コーデリアの頬は緩む。彼らの表情を見ていると、先程までヘーゼルから受けていた強い視線を忘れてしまいそうだ。

しかしそうして話が盛り上がっている中だというのに、コーデリアはヴェルノーにトンと肩を叩かれた。

「……ヴェルノー様？」

「ディリィ、話もいいが、今日は俺の頼みを聞いてくれるんだったよな？」

「え、ええ？」

「まあ。ここにはいないが……こうやって長話させると面白くない奴もいるだろうし……」

「？」

「とりあえず、クリフトンとマイルズと話をするのはまた後にして、まずは一曲踊らないか？」

独り言のような前置きを呟いた後、ヴェルノーはコーデリアに向け手を差し出した。質問するようでありながら、有無を言わせない様子である。人が楽しく話そうとしているのになぜだと多少戸惑いはあるものの、コーデリアは「まあ、いつものことか」と、諦めることにした。

だがその差し出された手を取る前に、再びヘーゼルはやって来た。その笑顔は輝いていた。二曲目はヴェルノーと、ということなのだろうがヴェルノーはコーデリアの手をさっと取ると「素晴らしい楽師《がくし》ですね、踊るのが楽しみだ」と言いながらさっさと歩きだした。

「ヴェルノー様、少し露骨《ろこつ》すぎませんか」

「馬鹿言え、これでもあのご令嬢は諦めてくれないんだからな」

引き攣りそうになっているヴェルノーを見つつ、コーデリアはそっとヘーゼルを窺い見た。置いてきぼりになったヘーゼルにクリフトンとマイルズが話しかけているが、それはどう見てもなだめているようにしか見えなかった。なぜなら二人の顔は引き攣っていたのだから。ヴェルノーの友人である二人にコーデリアは心の中で合掌した。同時に自身に向けられている視線にどうしたものかと悩ませられる。

声は聞こえなかったが「負けませんわよ」とヘーゼルが言っているのが伝わってくるのだ。

（……ヒロインも彼女からの勝負を受けて立っていたのかしら）

いや、仮にもヒロインであればライバルからの挑戦を受けて立つことに疑問はない。むしろ、難しい状況であっても真摯《しんし》に問題に向き合い解決していくのがヒロインというものだろう。

だが、生憎コーデリアはヒロインではない。そしてヴェルノーを巡る戦いに巻き込まれるなど、単なるとばっちりでしかない。

「……解《げ》せないですわ」

「何がだ？」

「この状況以外にないでしょう」

わざとすっとぼけるヴェルノーの足でも踏んでやろうかとコーデリアは思ったが、それは自身のプライドに懸《か》けてなんとか思いとどまった。ダンスの下手な令嬢だなんて思われてたまるものか。

だが、突き刺さる視線に多少頭が痛くなるのを感じずにはいられなかった。

第十八幕　昨日の敵はなんとやら

ヘイル家でのダンスパーティから数日後。

コーデリアは研究室にて、今日も今日とて届いた手紙を手に長いため息をついてしまった。

真っ白で綺麗な封筒に、美しい文字。恐らくこの中には家紋の透かしが入った便箋が封入されているのだろう。

けれど、そんなことなどコーデリアにはどうでもいいことだった。むしろ願いが叶うなら、この封筒だけは手元に届いてほしくなかったくらいだ。他にもいくつか茶会の誘いの封筒は届いているが、これだけはそんな穏やかなお誘いではないのだ。

「……こうも毎日だと、研究も進まないし心が休まらないわ」

そうは言いつつも開封しないわけにもいかない。コーデリアは諦めて封書を開いた。

『ヘーゼル・ヘイル』との署名が入っているこの手紙は、ヘーゼルからの決闘の申し込み……もとい挑戦状のような招待状だった。確かに手紙の文面だけでは他の茶会の招待状と大して変わりはない。良くも悪くも普通の招待状だ。しかしいざ行ってみれば毎度招待客はコーデリア一人であり、ヘーゼルから様々な勝負を挑まれるという非常に面倒な事態に陥《おちい》るのだ。

それがわかっているので、コーデリアも全ての誘いを受けているわけではないが、それでも三日から五日に一度のペースでヘーゼルの誘いを受けていた。何せヘーゼルからのラブレターは毎日届くので、用事があると断り続けるのも無理があるのだ。

コーデリアはヘーゼルの誘いを断ることができないわけではない。同じ伯爵家とはいえ、その中でもパメラディア家は最も古い歴史を持っており、いわば格が高いのだ。だからコーデリアが嫌だと言えば済む話であるとも言えなくはない。そもそも同じ家格だったとしても、毎日コーデリアに手紙を送るヘーゼルは普通ではない。

しかし断ったところで、息巻く彼女が納得するわけもないだろう。

正面からの勝負を断ったせいで何か別の策を練られても面倒であるし、何よりヴェルノーとの仲を勘違いされている現状もハッキリ言えばよくないと思う。

極端なことを言えば、コーデリアはヘーゼルにどう思われても構わない。だが勘違いしたままのヘーゼルの言動が原因で、周囲にヴェルノーとの仲について誤解を与えたらと考えると恐ろしい。どうにか誤解を解くまでは捨て置けない。

「ヘーゼル様……ずいぶんお嬢様のことお気に入りですね」

「そうね」

「やっとお嬢様にも同性で同年代のご友人が」

「これを好意的に捉えるのはだいぶ難しい相談ね」

のほほんと言うロニーの言葉を受け流しながら、コーデリアはこれまで彼女から挑まれた真剣勝負について思い返していた。

初めて勝負したのはボードゲームだった。陣取りのゲームで、コーデリアも慣れた遊びだった。その勝負は完勝という形でコーデリアが勝った。

その次の勝負も同じくボードゲームだったが、今度は相手の駒を減らす遊びだった。やはりコーデリアが勝った。そのゲームは両方とも時折イシュマと遊ぶものだったので、コーデリアもかなりの回数を今まで重ねてきているのだ。

三回目の勝負もボードゲームかと思っていたが、三度目は歴史の討論会となってしまった。コーデリアは「今日は勝負ではないのか」と思っていたのだが、最後に言葉に詰まったヘーゼルが「次は負けませんからね」と言ったことで勝負だったことに気づかされた。

そのほかにも色々な話であったりゲームであったりを繰り返しているのだが、いかんせん友好的な茶会になったことは未だにない。

「ほんと、いつになったら飽きるのかしら。そのヘーゼルっていうお嬢様、何回もお嬢様に勝負を挑んでるんでしょう？　懲《こ》りない上に負けを認められないのね」

ほんわかとしたロニーとは対照的に、ララは仕事をする手を止めずに憤慨《ふんがい》しながら言葉を発した。嫌そうに言うララを、コーデリアは諫《いさ》めた。

「ララ、それは違うわ」

〝負けを認められない〟……それは恐らく間違いではない。けれど、〝懲りない〟というのは少し言葉が違う気がした。なぜならヘーゼルが選ぶ勝負は、少なくともコーデリアが不利にならないよう配慮されているからだ。

過去に一度だけ、ヘーゼルが提案したボードゲームのルールをコーデリアが知らないということがあった。だからコーデリアは素直に「ルールを教えてくださいますか？」とヘーゼルに尋ねてみた。ヘーゼルが当初よりコーデリアと同じ舞台で勝負をするというのなら、コーデリアも別のゲームに変えて欲しいなどと言うつもりもない。

だが、その反応を見たヘーゼルは瞬時に「気が変わったわ。別のゲームにしましょう」と言ったのだ。だが提案した直後で気が変わるような令嬢でないことはコーデリアにもわかっている。尖った言い方ではあったけれど、コーデリアに気を遣った結果だろう。

しかしそのことを考えると、ヘーゼルの真意が全く見えないなとコーデリアは思う。

今まで行った勝負の場には一度もヴェルノーはいなかった。むしろヴェルノーはヘーゼルとコーデリアが勝負していると言った時に驚いていた。

（ゲームの中でヘーゼル様が持ちかける勝負は、あくまでヴェルノー様に良いところを見せるためヒロインと競うというものだったわよね）

もちろんゲームとヘーゼルの性格が違っていても不思議だとは思わないが、それならなぜ勝負を挑まれているのかコーデリアにはよくわからない。負けたらヴェルノーから手を引けと言われたこともない。

（どうしてヒロインでもないのに巻き込まれイベントに……）

ヴェルノーとはただの幼馴染である旨《むね》を話しても、聞く耳は持ってもらえないだろう。だいたいヘーゼルの屋敷でもヘーゼルと二人きりになることはないのだ。常に誰かの目はある。だからヴェルノーの話題を持ち出しにくいという状況もあった。だがそうであるなら、どうすれば敵ではないと理解してもらえるのだろうか。

これはとんでもない難題だ。そう思いながらコーデリアは本日のラブレターを開封し、絶句した。

その手紙には、パメラディア家を訪問したいという旨が記されているのである。そして驚くべきことに日付は本日なのである。

『コーデリア様がお忙しそうで来ていただくのは申し訳ないので、私が行きます』という気遣いを見せる文章は、同時に『逃げないでくださいませ』とも言っていた。おまけに彼女が来ると言っている刻限はもうそこまで迫っている。もしも外出中の場合は日を改めるともあるが……居留守を使ったところで面倒事が後日に延ばされるだけだ。

「ロニー、悪いけど今日は絶対にヴェルノー様がお見えになってもお通ししないでと門番に伝えてきてちょうだい。絶対に、よ」

「わかりました。ま、へーゼル様が来てるんでって言ったら、あの坊ちゃんもすぐにお帰りになるでしょう」

そう言うとロニーはどこか楽しそうに、微笑ましいものを見る目をしながら部屋から出ていった。どこをどう考えればそんな嬉しそうな表情ができるのかコーデリアは問い詰めてみたかったが、時間がない。

一方ララは、ぶすっとした顔を隠そうともしなかった。

「給仕は私がやってお嬢様の援護をするわ」

「……ありがとう、ララ。でもエミーナがいるから大丈夫よ」

ララの作法にはまだ若干の不安が残るというのももちろんだが、それ以上に万が一にも口をとがらせているララがヘーゼルに食って掛かってしまえば余計にややこしいことになる。そこまでいかずともララがヘーゼルを睨みつけていればコーデリアは落ち着かない。だからコーデリアはララの申し出を丁重に断った。

そして数刻後、ヘーゼルは「コーデリア様のお招きに応じ馳《は》せ参じました」とでもいうような堂々とした態度で姿を現した。

お呼びたて致しておりません。などとは一切言わせないような、堂々たる登場だった。

応接室にて、コーデリアはそんなヘーゼルを迎えた。

「ごきげんよう、ヘーゼル様」

「ごきげんよう、コーデリア様。お屋敷にお招きいただけるなんて、感激ですわ」

間違ってもお招き致したわけではありません。そうコーデリアは悪態《あくたい》をつくことなく、表面上はにこにこと応じた。

「侯爵家の夜会の時からずっと思っておりましたが、コーデリア様は本当に珍しい香りを纏ってらっしゃいますね。お庭もたくさんお花が咲いていて、とても羨ましく思いますわ」

珍しく素直に褒め称えるヘーゼルにコーデリアは少し驚いた。そして今なら少し話を聞いてもらえるのではないかと思い、コーデリアはエミーナに下がっていてほしいという旨を伝えた。

せっかくのチャンスだ。だめでもともと、それでもはっきりとヴェルノーのことを言ってみるいい機会かもしれない、と。ヘイル邸の時とは違い、今は二人きりになることができるのだ。少々ヴェルノーには気の毒なことになるかもしれないが、既に約束は果たしている。ヘーゼルの好意を断るのなら、彼自身がはっきりと断るべきだ。その辺りはもうヴェルノーの問題なのだから。

いざコーデリアが話を始めようとすると、ヘーゼルはすでに勝負の準備を始めていた。ヘーゼルによってテーブルの上に置かれたのは、カードの束といくつかのコインである。

「……今回はカードゲームですか」

「ええ。いくつか種類はございますが、読み札の経験はございますかしら」

「ええ、ございます」

読み札とは、いわゆる前世でいうポーカーのことである。この国のカードには色と数字、それから職業を示す絵柄とが入っているのだが、数字よりも絵柄が重要となることからトランプとは少々ルールが異なっている。例えば三枚の騎士を集めるより、二枚の姫を集めた方が強いという具合だ。他にはトランプとは違い、絵柄の横にある数字は絵柄で固定されていないので、例えば手元に二枚の騎士を持つ者同士が上位下位を決めるには、絵柄の側にある数字の合計値で競うなどという決まりがある。だが、大まかなルールはポーカーと変わりがない。

「ヘーゼル様、甘いものを食べながらはいかがかしら」

「素敵ですわね。けれど、それは休憩の際にお願いいたしますわ」

「わかりましたわ。では、ディーラーはいかがいたしますか？　人を呼びましょうか」

本当は人を呼べばまた話し辛くなるので避けたいことではあるのだが、公平性という観点からは人を呼ぶほかないだろう。とはいえ、パメラディアの家の者がディーラーを務めてもどこまでヘーゼルの信頼を得られるのかという心配もあるのだが……けれどコーデリアの考えをよそに、ヘーゼルはしれっと言ってのけた。

「コーデリア様でかまいませんよ」

「あら、本当に？」

「ええ。貴女は卑怯なことはしない人だって見込んでおりますもの」

ヘーゼルは平然とカードをコーデリアの前に移動させる。それは新品で、背には繊細《せんさい》な柄が入っている。絵柄も丁寧に書かれており、相当高級な品なんだろうとコーデリアは感じた。あまりカードを切るのは得意ではないが、これも兄妹《きょうだい》で行ったことのあるゲームなのである程度回数はこなしている。

コーデリアはヘーゼルによく見えるように気を遣いながら、互いの手元へ五枚ずつカードを配る。

「ルールは……そうですね、手持ちのコインは最初十枚。一回の駆け引きで出すコインの最低枚数は二枚。勝敗は互いの持ち分がなくなるまでで良いかしら」

「ええ」

まだカードには触れず、手元に置かれたコインから二枚をコーデリアとヘーゼルはそれぞれ中央に置く。四枚のコインが中央に置かれたところで、コーデリアは口を開いた。

「一つ提案があります」

「なにかしら」

「私たちも大人の真似をして、賭けを致しませんか。負けた方は、勝った方の質問に一つ答える。これでどうでしょう」

「面白そうですわね」

乗ってきた。

そうコーデリアは思いながら、けれど何事もないように「では」とカードに手を滑らせた。

（……背伸びしたいお年頃かしら）

ヘーゼルは観察していると言っても良いほどにコーデリアをよく見ている。コインを置く動作もカードに視線を走らせるその様《さま》も、凄くよく見ているのだ。それを悟られまいと視線が合わないようにしている様は愛らしくもある。子供が思う、大人の真似事……そう、駆け引きをしようとしている様が滲み出ている。

（ヘーゼル様はそう考えておられるかもしれないけれど、私は正攻法ね）

コーデリアは自分の手持ちから二枚のカードを伏せ、放り出した。ヘーゼルはそれもじっと見ている。

コーデリアは、相手の表情などはこのゲームにおいて重要だと思っていない。相手ではなく自分の手の内を読み、自分のリズムをいかに保てるかが勝負のカギを握っていると考えている。勝てるか、勝てないか。重要なのは手札との呼吸だ。

「へーゼル様はどうなさいますか」

「私はこれでいいわ」

「では、遠慮なく」

コーデリアはカードを二枚引いた。手元に現れるのは騎士と王の絵柄だ。なんと、来るときは本当に来るんだな。そう思いながら「さあ、オープンと行きましょう」というへーゼルの声に素直に従った。

「三人の騎士、王、王妃。〝王宮の平和〟ね」

「……商人、農民、吟遊詩人。それから兵士が二枚。ワンペアよ。……私の負けね」

コーデリアが何でもないように言った一瞬、へーゼルが息を呑《の》んだのを見逃さなかった。

コーデリアの手はかなり強い役だ。それこそコーデリア自身、驚きを隠すのがやっとだったというほどに。しかし表面上はなんてことのないように、コーデリアは自分が出した分と合わせて四枚のコインを手元に寄せる。なるほど、ワンペアで勝負を仕掛けた……というよりは、コーデリアの手を見ようとしたのだろう。どのような構成を好むか観察しようとしたのだろうと思う……が、さて、どうするか。

「次はへーゼル様がカードを切ってくださいますか?」

「え?　ええ」

ひとまずコーデリアはカードを全てへーゼルに渡した。

初回の引きとしてはあまりに強すぎたので、変な想像を抱いてほしくないと思ったからだ。

ヘーゼルは慣れた様子でカードを切った。コーデリアはその様子を見ながら、一つ尋ねた。

「今回は、どうして運の要素が強いこのゲームをお選びに？」

「運を味方に付けられないようでは、私もまだまだだと思ったからですわ。それに――運に負けたくないと思ったから、ということもありますわ」

そうして配られたカードと交換で、コーデリアは二枚のコインを差し出した。そしてカードを再び開く。コーデリアは少し目を伏せ、そのカードを見、一つに束ねた。先程の勝ち分を使って、確かめようと思うことがひとつできてしまった。

「私はこのままで」

ヘーゼルの表情が一瞬強張った。

ヘーゼルは自分の手元を強く握っている。素直なんだなとコーデリアは感想を抱いた。おそらくヘーゼルはコーデリアの手が既に相当強いものだと思っているのだろう。初回で大きな手を披露したのだから、その印象が残っていても不思議ではない。

ヘーゼルは自らのカードを二枚放り投げ、新たなカードを迎え入れた。そしてオープンの声をかける。

ヘーゼルの手には役がなかった。一方コーデリアはワンペア、しかも優先順位が一番低い吟遊詩人のワンペアだった。

明らかに失敗したという表情を見せたヘーゼルに、コーデリアは確信を持った。

（ヘーゼル様のカードの扱いは上手だわ。それなのに反応は初心者。緊張のし過ぎと、元々素直すぎる性格なんでしょうね）

それがわかっただけで、十分だ。

「次もヘーゼル様がお配りくださいませ」

平然としているコーデリアに対し、ヘーゼルは頷くのみでカードを再び混ぜ合わせる。コーデリアは静かにそれを眺めた。

「ええ」

本来、コーデリアはあくまで堅実な手を好む。余程のことがない限り大きな手を狙うこともない。だからといって、先ほどのように一番弱い手を大事に取っておくほど臆病なわけでもない。先程の手は、単にヘーゼルの性格が知りたかったのだ。

そしてわかったことがある。ヘーゼルは想像以上に単純だ、と。もちろんこれまで勝負を挑まれる流れから想像できなかったわけではないが、今の行動でほぼ確信した。

（ヘーゼル様が単純に相手の様子に合わせようとするのなら、例えば挑発すれば簡単に乗ってくださりそうね）

それなら駆け引き以前の問題だ。コーデリアはゆっくりと息を吸い、そして次のカードを手元に寄せた。

「ねえ、ヘーゼル様。一つお聞きしたいの」

「何かしら……と、言いたいところですが、それは後ですわ」

「あら、どうしてかしら？」

「だってお約束いたしましたから。質問は勝者の権利でしょう？」

「……では、こういたしましょう」

不服そうなヘーゼルの前に、コーデリアは五枚のコインを差し出した。二枚ルールが敷かれている状態で二枚以上コインを差し出すのはルール違反ではないが、わざわざ五枚のコインを差し出すことは勝利宣言にも等しい。コーデリアの手元にまだ九枚のコインがあるとはいえ、そしてヘーゼルの手持ちが六枚であることを鑑みれば、少し気が早い宣言になるだろう。

「……これを私が手にした場合、わかってらっしゃる？　逆転されますわよ」

「ええ。私が九枚、ヘーゼル様が十一枚になられますわね」

コーデリアは淡々とヘーゼルに答えた。するとヘーゼルは何を思ったか、自分の持ち分から五枚のコインを差し出したのだ。

「……ヘーゼル様、本当によろしいので？」

「一度差し出したコインは引き下げられない。これがルールでしょう」

五枚のコインを差し出したヘーゼルの手元には一枚しかコインは残っていない。もしも次の勝負で負ければ二枚の差し出しができないことになり、敗北が決定する。

コーデリアは自分の手持ちになるカードを見て、そしてカードの山を見る。そして目をつむり、深呼吸をしてから二枚のカードに手をかける。

「……ならば私も舞台に上がらないといけませんね」

コーデリアは手元から二枚のカードを投げ捨てた。それも表を向けた状態で。

表には王と王妃の絵柄が書かれている。その二枚はそれだけで強い役だ。しかも二枚は同じ色で統一されていた。それを同時に捨てるなんて選択は普通はない。ヘーゼルは信じられないものを見る目でコーデリアを見た。

「引いてもよろしいかしら」

「え、ええ……」

動揺しないコーデリアに対し、ヘーゼルは引き攣る声を隠せなかった。ヘーゼルは口を引き結んで、コーデリアの指先を見た。その手が二枚のカードを新たに手中に加える様子を見守った。

「ヘーゼル様もご準備はよろしいかしら？」

「ええ……むしろ、私は貴女の方が心配だわ。コーデリア様、実はルールをご存じでないのではなくて？」

そう言いながらヘーゼルが見せたカードはコーデリアが捨てた札と色違いではあるが、王と王妃、それに加えて王子が並んでいる。更には魔術師と騎士。見事に〝王宮の安寧《あんねい》〟という役を完成させていた。コーデリアはそれを見てにっこり笑った。

「私の勝ちですわ、ヘーゼル様」

「何かしら？」

怪訝《けげん》な顔をするヘーゼルに、コーデリアは自らのカードをさらした。

「四枚の農民と一枚の道化師……〝革命の時間〟ですわ」

革命。

それは、強いカードと弱いカードの立場が逆転するルールである。この五枚自体に役はない。けれど、役がないことこそ一番強いという役になってしまうのだ。通常このゲームを二人でするということはないので、全ての価値が変わるこの瞬間はほかのプレイヤーにも重大な影響を与える。

もちろん今、たった二人で行っているゲームでもヘーゼルは顔色をなくしている。

なんで、どうして。

そんな言葉にならない言葉が、コーデリアにも聞こえた気がした。

さすがにこれは可哀相か、と、コーデリアは小さく息をこぼした。

「実は私、この二枚のカードが引けるとわかっておりましたの」

そうしてトントンと指さすのは後から引いた二枚の農民のカードだった。

「え？」

「ヘーゼル様はカードを手にした時に、癖があります。ヘーゼル様は二回とも農民のカードを引かれていましたが、オープンの時はいつも左端で、なおかつ左手に押し付けるように持たれていたわ。そしてカードを強くにぎられたでしょう？　端が少し波打っていますの」

コーデリアはそう指摘しながら農民のカードの左側を指した。そこにはわずかであるが歪《ゆが》みが生まれていた。

ヘーゼルは一瞬で顔を真っ赤にした。

「ず、ずるいですわ！」

「ずるい者が勝つゲームですわ。それにこの二枚を重ねてしまい、尚且《なおか》つ山の一番上に来させてしまったのはヘーゼル様ですよ」

「それでも、ずるいですわ！」

「勝負は勝負です。ではここでお約束の、私からの質問です。どうしてヘーゼル様はいつも私に有利な舞台ばかり用意してくださるのかしら？」

「……どういうこと？」

「勝負はイーブンの条件でなければ面白くありませんわ。ですのに、貴女はいつも私が得意とする勝負しかなさらない。それはどうしてですか？」

ヘーゼルの怒りが爆発する前に、とコーデリアはさっさと言葉を続けた。

するとヘーゼルは、何をくだらないことをと言わんばかりの表情でコーデリアを見た。

「それは私と貴女の趣向が違うからですわ」

「もちろん趣向が異なることは何となく感じておりますが……」

「私は貴女が得意とするもので勝負をしたいの。ヴェルノー様が私に興味がないことには気づいておりますわ。けれど、だからって引く気はございません。ですからヴェルノー様が気にかけている女性が得意とするものを私も身につけ、その人よりも得意になりたいのです。そうすれば興味を持ってくださるかもしれないでしょう？」

堂々と言い放つヘーゼルに、コーデリアは思わず呆気《あっけ》にとられてしまった。ヘーゼルという少女は思った以上に一途《いちず》でポジティブな少女だったらしい。ヴェルノーはヘーゼルに興味がないというより、既に苦手の域に達している様子なのだが。

コーデリアも、ヘーゼルの読みが全て間違っているとは言わない。恋愛という観点を除けば、ヴェルノーはコーデリアに興味はあるだろう。〝変わったヤツ〟と言い続けているくらいなのだから。だが、あくまで恋愛を除いて、だ。

コーデリアはひとつ咳払いをした。

「ヘーゼル様の言い方、どうも誤解されていると思うのですが……」

「コーデリア様、一つお答えしましたし、私も聞いてもよろしいかしら」

「え？」

話は終わったとばかりに途中で言葉をかぶせられ、コーデリアは驚いてヘーゼルを見た。ヘーゼルは全く悪いとは思っていない様子だった。

「……聞くのは勝った方との条件ではございませんでした？」

「コーデリア様はずるをされたのですから、かまわないでしょう？　コーデリア様は『誤解』と仰ったけれど、ヴェルノー様とはどのようなご関係なの？　正直にお話しくださいませ」

「それは既に何度か申し上げているのですが……ヴェルノー様は幼馴染ですわ」

「そんな話くらい知っているわ！」

「……それ以上、特に当てはまる言葉はございませんが」

「けどヴェルノー様はよくこのお屋敷に来られるじゃない‼　噂は聞いていますわ！」

両手を強く握り立ち上がったヘーゼルを、コーデリアは目を丸くして見上げた。ヴェルノーがパメラディア家にやって来ているという噂がたっていたのは初耳である。もっとも事実なのでそれは否定できないのだが、ヘーゼルがコーデリアの幼馴染宣言を信じない理由がようやくわかった。

(面倒事の種はとことんヴェルノー様が蒔いていたのね……)

やはり貸し一つでは割に合わないと思いながら、コーデリアは考えた。どうして屋敷に彼が来るのか。それは自宅で菓子を食べることができないからという理由が半分以上を占めているが、そんなことを言えば火に油を注ぐだけだ。かといってこのまま黙っていれば余計に怪しまれるだろう。ならばもう一つの理由を言うしかないではないか。

コーデリアは覚悟を決めた。

「それは、ヴェルノー様のご友人と私が手紙のやり取りをしているからですわ。ヴェルノー様はいつもその方の代理で届けてくださいますの」

これはできれば誰にも言いたくない事柄だった。けれど仕方がない。それ以外にヘーゼルを納得させられそうな理由をコーデリアは持っていなかったのだから。

ヘーゼルは眉を寄せていた。

「……代理？　侯爵家のヴェルノー様が、その方の代理をなさるの？」

「ええ。私も詳しい事情は存じ上げませんが」

怪訝な表情を見せるヘーゼルに、コーデリアは「ヴェルノー様になんということをさせているのですか！」と言われることも覚悟した。コーデリアも口にするまではヴェルノーとジルは友人だからと大して深く考えなかったが、侯爵家の嫡男《ちゃくなん》を使い走りにしているジルはなかなか度胸を持った人物だと言えるだろう。もっとも、ヴェルノーが菓子を食べるついでだと考えれば不思議ではないのだが。

そんなことを考えているコーデリアを前に、ヘーゼルは一瞬言葉を失った。だが次の瞬間には目を輝かせた。

……輝かせた？

「わざわざお手紙を……なんて……なんてヴェルノー様は優しい方なのでしょう！」

「……そうですわね」

「ああ、さすがはお優しいヴェルノー様ですわ」

コーデリアに言わせればヴェルノーは優しさよりも計算高さが見える気がするが、一応同意は示しておいた。計算高さが見えようとも冷たいわけでもない。そもそも、そんなことへーゼルには絶対言えない。言えば余計な言い争いになりかねない。

両手を頬に当て顔を赤らめるヘーゼルはとても幸せそうだった。

「ヴェルノー様が五歳の時に、私はあの方に心を奪われましたの」

「……」

突如始まったヘーゼルの告白に、コーデリアは適度な相槌《あいづち》を打った。そして同時に長くなりそうだとも感じた。

「私がはしゃいで転びそうになったのを、ヴェルノー様が支えてくださったのです。物語に出てくる王子様のように。もうあの時から私はヴェルノー様の視界に常に映っていたい、もっとお話をし

たいと思うようになりましたわ」

「……そうなのですか」

「ヴェルノー様はコーデリア様といらっしゃることが多いと聞き、私は貴女にだけは負けられないと誓いました。けれど、それがヴェルノー様の広いお心ゆえの行動だったとは……私ったら恥ずかしいですわ」

頬を染めて可愛らしく言うヘーゼルは、乙女モード全開である。

しかし、散々戦いを演じてきた者としては今更すぎる姿でもあったりする。……いや、そんなことを思ってはいけない。せっかくわかり合えるかもしれないチャンスなのだ。この際、誤解は綺麗に解いてしまいたい。

「それで、ヴェルノー様のご友人とコーデリア様は、どのようなご関係で……？　ご友人はもちろん男性なのですよね？」

コーデリアはその質問に「男性ですわ」とすぐに答えた。ヴェルノーの友人が女性だと誤解されれば、今度は何が起こるかわからない。今すぐ会わせろと言われる気がしてならない。いや、言われるだろう。

あからさまにほっとした表情を見せたヘーゼルに、コーデリアは本当にヴェルノーが好きなのだなとぼんやり感じた。心身ともに疲れていない時であれば、きっと微笑ましく見えるのだろう。そう、疲れていなければ。今は脱力したという気分の方が近いと思う。

だがコーデリアとは対照的に心休まったらしいヘーゼルは、間をおかずコーデリアに尋ねた。

「コーデリア様と……その、ご友人とは想い合っていらっしゃるのですか？」

「ぐっ」

思わず吹き出しそうになったのを堪えたコーデリアは、ヘーゼルを見やる。

凄まじい。これが恋する乙女の女子トークというものか……などと思いながら。しかし考えとは裏腹に、ニコニコするのは忘れず落ち着いたトーンでヘーゼルに返答する。

「ジル様は友人ですわ」

「まあ、ジル様とおっしゃるのね！」

両手を合わせ食いついてくるヘーゼルに、コーデリアは若干後ずさりたい気分になってしまった。ヘーゼルに話せるような話題はない。期待されているような話題なんて持っていない。手紙のやり取りの内容を言うのも変だと思うし、かといって「侯爵家でこの間踊りました」などと言おうものなら、確実にヘーゼルは一人で暴走する。絶対そうだ。何とか逃げなくてはいけない……そうは思うのだが、ヘーゼルもそう易々《やすやす》とコーデリアを見逃してはくれなかった。

「これは、あれをするべきですわね！」

「な、何をですの？」

「小説で読んだことがありますわ。その、仲の良い友人同士で夜通し恋を語り明かす……私は今それを欲しております。ですのでコーデリア様、ぜひとも我が家にお越しくださいな！」

「……え？」

全く想像していなかった誘いにコーデリアは固まった。

お泊まり会の、お誘いですか？

（いえ、むしろいつ友人に認定されたのかしら……？）

この際、そもそも貴族の子女の間にお泊まり会が存在するのかはコーデリアも考えない。なぜなら、ない誘いでも作ってしまうのがヘーゼルだ。今更何を言い出しても驚かない……が、この認定には戸惑わずにはいられない。

拒《こば》むつもりはない。むしろこの状況で拒むことなどできないだろうが……それにしてもあまりに突飛である。

「昼は一緒に絵を描いたり刺繍をしたりしながら、ぜひとも楽しい時を過ごしましょうね」

「絵や刺繍……ですか」

「ええ、もちろん恋のお話も！　コーデリア様の香りのお話も聞きたいわ！」

極上の笑みを浮かべるヘーゼルを見たコーデリアが思ったのは、やはりヘーゼルは自身の不得手な分野を得意としていることが多いらしい、ということであった。

第十九幕　令嬢の交流

ヘーゼルと和解（?）が成立してから数日後。

久しぶりにヘイル家の家紋が入った便箋を手にしたコーデリアはすぐにエルヴィスの書斎を訪ねた。休日でも家にいないことが多いエルヴィスは、今日は珍しく昼間から屋敷にいた。

彼は自らの娘の姿を見て微妙な表情を浮かべる。とはいえエルヴィスの変化など余程見慣れていなければ気づかないほどの些細《ささい》なものなのだが、コーデリアに気付けないわけがなかった。もっとも、コーデリア自身も努めて平静をよそおっていたつもりなのだから、おあいこだが。

（何となく、切り出しにくいわ……）

別に大事《おおごと》だというわけではないのに、何か重大なことを言いだす直前のような空気になってしまっている。

言い出しにくいとは思うが、忙しいエルヴィスの手を止め続けるのは申し訳ない。コーデリアは小さく息を呑みこみ、そして真っ直ぐエルヴィスを見て覚悟を決めた。

「お父様……ヘイル伯爵家の令嬢であるヘーゼル様より、五日後、屋敷に泊まりで遊びに来ないかとお誘いをいただきました。お受けしてもよろしいでしょうか」

極力感情を押し殺した声をコーデリアは発する。

それを見たエルヴィスの表情は、まるで不可解だと言っているようだった。許可を求めているくせに、まるで行きたくないと言っているように聞こえているのかもしれない。

そのような声になってしまったことは、コーデリア自身も気づいている。誤魔化しきれなかったのは自らの弱点だと反省し、将来的には改善しなければならないと心に留めた。とはいえ、すでに出してしまった表情だ。そもそもただのお願いであるし、父親にならそこまで隠す必要のある事柄でもないと思う。何か尋ねられたら正直に話せばいいのだ。そう思いながらコーデリアは返答を待った。

「…………構わんが」

微妙な沈黙を挟んだ後、エルヴィスは短くコーデリアに告げた。

「ヘイル伯爵家にこれと言った特徴はないが、付き合って損になることはないだろう」

ずいぶんな言い方ではあるが、エルヴィスは正直に言っているのだろう。

「だが伯爵には妙なことを考える娘がいるのだな」

エルヴィスはそれ以上何も言わなかったので、コーデリアも一礼して退出した。そしてドアを出てからコーデリアはこっそり思った。

(世間的には私も妙なことをする令嬢なのだけど……まあ、それは充分お父様も承知の上よね)

許可が出てしまった。

許可が出たからにはもう行くしか選択肢は残っていない。求めた許可が下りたのだから本来なら喜ばなければならないのだが……コーデリアの気分は少々重かった。断る正当な理由がなくなってしまったからだ。

（絵、刺繍……一応、手習い程度にはできなくはないわ。得意ではないけれど、それは何とかなる。けれど……）

恋の話とは、いったい何をするのだろうか。何を話せばいいのだろうか。

ヘーゼルがコーデリアを友人だと認定してくれた理由は未だよくわからないが、それ自体はありがたいことだ。だが、世間の令嬢が夜通し友人と恋を語り明かすという行事は聞いたことがない。

もちろん知らないのは自分が世間知らず故の可能性もある。しかしヘーゼルの話しぶりから察するに、彼女も恐らくお泊まり会を催すのは今回が初めてなのだろう。

「ひとまずは夜更《よふ》かしの会、よね」

夜通しという話であるし、とコーデリアは一人頷く。前世で言えばパジャマパーティといったところなのだろうか……もっとも前世でもそんな経験はないのだが。

仮にパジャマパーティに類するものであったとして、ヘーゼルが語りつくし、コーデリアがヘーゼルの話を聞くだけならば問題なく過ごすことはできるだろう。だが彼女は語り明かすと言っていた……つまりコーデリアも話をしなくてはならない可能性がある。そうなるとコーデリアには都合が悪い。

なぜなら『恋』という単語こそ、今まで前世を含めてコーデリアには全く縁がなかった言葉なのだから。

もちろん素敵な恋をしてみたいかと問われれば、おそらく頷いてしまうだろう。だが何をもって素敵だとするのか、その辺りからハッキリしたビジョンは見えない。

(そもそも私にとって恋というのは周囲がしたり、聞いたり、ドラマや漫画で見たり、ゲームで楽しむものだったのよね)

だから現時点で語れるようなことなどなにもない。しかしそこまで考えて、自分に突っ込みを入れた。まだ今の自分でそれを諦めるのは早いはずだ。今生《こんじょう》に関してはまだ十二歳だ。これからの可能性は充分あると信じたい。

「……せめてヘーゼル様の読んでいる小説をお聞きしておけば良かったわね。そうすればどういうお泊まり会を考えてらっしゃるのか、どういうお話をしたいのかわかったでしょうし……そもそも恋愛ではなくその小説のお話をすることもできたのに」

何となく気落ちしそうになる心を立て直しながら、コーデリアは「うーん」と唸る。

ノープラン、ノーシミュレーション。

これは未だかつてない程難しい問題に感じられる。そして同時に、この手の話題で一人で悶々《もんもん》と悩んでいると、どうにも気恥ずかしくもなってくる。自然と口元はわなわな動くし、顔は心なしか熱くなっていく気がする。これなら勝負を挑まれている時の方が気が楽だとすら思えてくる。顔も両手で覆ってしまいたい。

何を聞かれるのだろう、何を話さなければいけないのだろう。

コーデリアはまるで面接試験を受けるような気分だった。落ち着かない。一度目の十二歳であるヘーゼルが嬉々として語りたがることを、二度目の十二歳である自分は全くわからない。どういうことだ。

とはいえ、二度目の人生と言ってもコーデリアは自身のことを大人であると認識しているわけではない。それは年齢というものは単純に生きてきた年数を加算すればよいというものではないと考えているからだ。『コーデリア』として生を受けて十二年。当然のことながらこちらの世界ではまだ子供だ。精神年齢の成長には相応の環境が必要だ。その中には会話や社交の環境も含まれる。だから〝前世では成人していた〟とは言えるが、この世界の価値観でも自分が大人だと認めてもらえるかといえば疑問は残る。

……もちろんそんな自分への言い訳を並べたところで、ヘーゼルより年齢に積み重ねがあることは間違いはないのだが。


「あれ、お嬢様？」

「あら、ララ。お帰りなさい」

悶々とコーデリアが考えていると、外出用の服を纏ったララに後ろから声をかけられた。今まさにアイシャのもとから帰ってきたのだろう。いつもより多少お淑《しと》やかに見える装いをしていた。ララは元々の生い立ちもあってか余分な動きが少ない分、黙っていればそれなりに令嬢に見られることもできる。黙っていれば、だが。

「どうしたの、難しい顔してるわね？　何か悩み事？」

「悩みと言うほどのことではないのだけれど……ねえ、ララ。貴女……恋って何か、知っているかしら？」

一般的なことを聞くように、コーデリアはララに尋ねてみた。期待している回答は「知らない」だ。もしそう答えてもらえれば、ヘーゼルが「ちょっと早熟な感性の女の子」だと納得できると思ったからだ。

だが、コーデリアの質問にララは答えず――代わりに顔を真っ赤にし、口をぱくぱくと開閉させている。

……え？

「な、お、お嬢様……!?　べ、別に私は……！」

「ララ……？」

「あああああ、お勤めに遅れちゃう!!　着替えてきますからね!!」

そしてララは小走りでコーデリアの前から姿を消した。

残されたコーデリアは呆然としながら、どうやらララは恋を知っている……いや、むしろ恋をしているらしいことを知った。

そしてコーデリアは、とてつもなく置いて行かれた気分になってしまった。

あまりにも予想外の反応である。それに、それ以上に……

「これは、本格的に予習してから行った方が良いのかしら……」

コーデリアは、自分の方が少数派なのではないかとララの様子を見て感じてしまった。

幸い今日中に急いで済まさねばならないことはない。ならば恋愛小説を読み、この世界の流行を掴んでヘーゼルと会話できるようにしておこうと考えた。そう決めてしまえば向かう先は書庫一択である。


書庫に入ったコーデリアは早速小説を探そうとし……そして一つの根本的な問題に気が付いた。

「……何てことなの。我が家の書庫に最近流行《はや》りの女性向け恋愛小説があるわけないじゃない」

パメラディア家の書庫には実用的な書物や歴史書、それに古くからの文学書は置いてあるが、最近流行りの恋愛小説など置いてない。仮に姉がまだ嫁《とつ》いでいなければ所持していただろう。

事実、七年ほど前までの……つまり姉が嫁ぐ直前までの人気恋愛小説らしき書物は書庫の一角を占拠しており、コーデリアも何冊か目を通して楽しんだこともある。だが彼女が嫁いだ以降のものはない。読む者がいなければ買う者もいない。つまり増えない。姉が読んでいたものは、恐らくヘーゼルが今読んでいるものとは違うだろう。

コーデリアはがっくりと肩を落とすも、せっかく書庫に来たのだから興味を惹かれる本を何冊か持って帰ろうかと辺りを見回すことにした。まず目に入ったのは古い時代に書かれた軍記物の小説だ。確か以前イシュマが絶賛していた覚えがある。だから興味惹かれるのだが……ダメだ。古すぎて、おそらく書庫から持ち出すとバラバラになる危険があるので持ち帰りはできない。残念だ。

「って、こういうことをしている場合ではなかったわね」

こんなにも興味惹かれそうなものを持って帰れば、つい読みふけってしまうのは目に見えている。そうなれば考えがまとまらないままヘーゼルの所へ泊まりに行く日がまた近づいてしまう。それは非常によろしくない。本を持って帰るのは諦めた方がいいだろう。

しかしそう理解していても尚、書庫には魅惑がいっぱいだ。

「あら……？　これは、星座盤かしら？」

軍記物をあきらめた直後、なぜこんなものが書庫あるのかと思いながらコーデリアは書庫に突き刺さる星座盤を引き抜いた。今までそれほど星に興味を持っていたわけではないが、全く興味がないわけでもない。ステンドグラスのように作られたそれは少し重いがとても綺麗で、コーデリアは少し迷った後に一冊の本と共に自室に持ち帰ることにした。一緒に持って帰る本は星にまつわるものだった。

その時ふと思い出したのは、ジルの誘いだ。

夜に自宅を抜け出す……それはやはり不可能なことであると思う。可能とするならば、自宅以外の場所にいる時でなければならないだろう。

「かといって、ヘーゼル様のお屋敷から夜に抜け出す……なんてことも、やはり無理よね」

数度訪ねた限り、ヘイル家の監視体制はパメラディア家と比べ随分緩やかだ。もちろん要所は固めてあるのだろうが、必要最低限であったと思う。なので、夜に抜け出すのならばヘイル家に滞在する時がチャンスになるのだろうが……万が一にも何かが起こってしまえばヘイル家に迷惑がかかることになる。

元々、コーデリアもジルには難しいと言っている。行けなくても問題があるわけではない。

「いっそジル様が女の子なら、問題なかっ……」

途中まで言った言葉を、コーデリアは不自然に途切れさせた。

ジルが女の子だったら？

もしそうなら、そもそも出会えてすらいなかったのではないか。男の子だったからこそヴェルノーと街にお忍びにきていたのではないか。友人になれたのではないか。それに先日一緒に踊れたのも……。

「……や、やめましょう。ええ、考えるのはよしましょう」

誰かに言い訳をする必要などないはずなのにそう思わずにはいられなかったコーデリアは、こほんと咳払いをして思考を打ち切った。

そして、たどり着いた自室のドアを開ける。しかし今更になるが、よくよく考えればあのダンスのシチュエーションはまるで恋愛小説に出てきそうではないか。そう思い起こすと気恥ずかしくなる気がする。ジルは慣れた様子であったし、普段からああいう誘いは行っているのだろうか？　それならそれで、将来は天然タラシになりそうな気もしなくな……だめだ、これ以上考えてしまえば次にジルに会う時にどんな顔をすればよいかわからなくなる。彼は小さなジェントルマンのはずであるのだから、勝手な想像をしてしまっては失礼だ。

よし、今度こそ本当に切り替えだ。そしてこの星の本はお泊まりの準備をした後に読むとしよう。

「さて、身支度は何が必要なのかしら」

簡単に荷物は纏まるのだろうか。さすがに持ち物が寝衣《しんい》一枚というわけにはいかないだろうから、かさばってしまうかもしれない。少量にしたい気持ちはあるが、ある程度荷が増えることには妥協せねばならないかもしれない。そんな多少の不安を抱えながら、コーデリアはチェストに足を向けた。自身に必要な荷物以外にも、個人的にヘーゼルに渡そうかと思う手土産もある。

それは、アロマキャンドルだ。

「ヘーゼル様のお好みの香りはわからないけれど……ここはこれにしましょう」

コーデリアが手にした箱には、ラベンダーとオレンジの香りを合わせたキャンドルが入っている。ヘーゼルの家ではよくオレンジのタルトやオレンジのジャムが添えられたクッキーやスコーンが出てくるので、恐らく彼女もこの香りは好きだろう。それがこの香りを選んだ第一の理由だ。そして第二の理由は、その効用にある。この香りには緊張や不安をときほぐす効果がある。この香りでヘーゼルがリラックスしてくれたなら、きっと彼女のテンションも多少は落ち着いてくれるだろう。そうすると夜更かしも少しは短くなるかもしれない。そんな期待も少々込めながらコーデリアは小さな紙箱に細いリボンをかけた。

(そもそも、恋愛話以前に夜更かしは良くないわ。美容の大敵よ)

だから彼女にはぜひ眠気を感じてほしい。そう、そしてぐっすり休み、心穏やかに突発イベントを終わらせたい。

「――なんだか、これでは私は恐れているみたいね」

別に刺されるというわけではないのに、どうしてこんなにも落ち着かないのだろう。少し心が焦っている気がしなくもないのはなぜなのだろう。

コーデリアは箱にかけたリボンを指先で撫でながら、一つ短いため息をこぼした。

そして、五日後の昼下がり。

コーデリアはまとめた荷物と共にヘイル伯爵家の前に降り立った。荷物はやはり前世の『一泊二日の小旅行』なんて量では纏まらなかったのだが、それでも極力コンパクトにはまとめた。

結局コーデリアはここ数日、このお泊まり会のことを考えると心が休まらなかった。自分でもよくわからないが、何かむず痒《がゆ》い気持ちが晴れなかったのだ。

しかしそんな気持ちで現れたコーデリアを、ヘーゼルは対照的といえる満面の笑みで迎え入れた。

「いらっしゃいませ、コーデリア様！」

「ごきげんよう、ヘーゼル様。お世話になります」

まるで満開の花を思わせるような笑顔に、コーデリアは「出会った当初からこのお姿を拝見していれば相当印象が変わったでしょうね」と思わずにはいられない。抱き付かんばかりの勢いでコーデリアの手を取るヘーゼルは、本当に上機嫌だ。

「私、今日のために新しい刺繍道具を調達致しましたの。ああ、客間もコーデリア様のお好みを考えて用意させていただいたのですよ」

「そ、そうなのですね。ご配慮ありがとうございます」

「堅苦しいことはおよしになって！　私たち、親友ではございませんか」

会わない間に友人から親友に格上げされていた……！

コーデリアは驚きながらも、何とか笑顔を返した。あくまで好意であるので悪い気はしないが、なかなか落ち着くものでもない。

手を引っ張られながらコーデリアはまず客間に通される。荷物はエミーナが運び入れ、そのまま彼女は帰路についた。

ヘーゼルは「少ししたら参りますね」と言って一旦彼女の自室に戻っていった。ヘーゼルが再び現れるまでの間、一息つこうかと思ったのだが……そう思った瞬間、ドアが丁寧にノックされた。

「コーデリア様、ヘーゼルですわ」

「早い……」

本当に一呼吸程しか置けなかった。そうは思うものの、ヘーゼルのテンションからいえば想定内のことでもある。どうぞ、と声をかければギリギリ慌ただしくないという程度の元気良さで扉が開かれた。

「刺繍の用意をして参りました」

専用の道具箱のほか、バスケットにも色とりどりの糸に綺麗な白いハンカチが入っている。それはヘーゼルが常日頃愛用しているものなのだろう。コーデリアが持っている数倍はある。コーデリアも決して少ない量しか持っていないというわけではないので、それだけ彼女が好んで集めているということなのだろう。

「ヘーゼル様は刺繍がお好きでいらっしゃるのですね」

「ええ。刺繍ができる女性は男性の理想だと、お父様が常に仰っていますからね」

窓際のテーブルに道具を置きながら彼女は得意そうに言った。

「ヘーゼル様は、お父様と仲がよろしいのですね」

「ええ。私はお父様の自慢の娘ですから！」

胸に手を当て堂々と言うヘーゼルは、いつもより少し目元が緩んでいる。本当に仲が良いのだろう。そんな姿にコーデリアは少しだけ親しみを感じてしまった。意外と気が合う部分もあるかもしれない。そう思うと多少は緊張感も解れた気がした。

そして同時に、ヘーゼルを少し羨ましくも思った。

お父様が自慢できる娘。

そう堂々と名乗れるまでの自信は、コーデリアにはまだ足りない。というより、あのエルヴィスが自らの娘を周囲に自慢するという想像ができなかった。さらに言えば自慢をする相手がいるのかという疑問もある。

（いえ、他の方に自慢していただかなくとも、お父様自身に認められればそれで満足なのだけど）

そんなコーデリアの様子を気にせず、ヘーゼルは言葉を続けた。

「私のお父様は、お母様から贈られたハンカチで婚姻を決断されたそうです。刺繍は幸せを運ぶ青い鳥だったそうです。素敵ですわ」

「お母様も刺繍がお得意なのですね」

「ええ。お母様の刺繍は優しい気持ちになれるんです」

うっとりしながら言うヘーゼルは「私も将来旦那様に……」と、どこか遠いところをキラキラと見つめながら小さく「きゃぁあ」と楽しそうに叫ぶ。

「では、ヘーゼル様は青い鳥を刺繍なさるのかしら？」

「ええ。未来の旦那様に最高のものをお渡しできるよう、日々練習を重ねていますの。いくらでも練習を続けますわ！」

「それは素敵ですね。……では、私は何をモチーフに致しましょう」

幸運の青い鳥も魅力的だが、ヘーゼルが大事にしているモチーフを軽い気持ちでは真似できない。だとすれば、何を選べばいいだろうか？　家では花の図案をよく練習しているが、それは「お嬢様は花がお好きでしょうね」と、家庭教師から課題を与えられているからというだけだ。自ら選んでいるわけではない。

（花は好きだけど、花の刺繍が好きというわけでもないのよね）

自分で選ぶのはほぼ初めてのことなので、どのようなものを選ぶか迷ってしまう。その上ヘーゼルの持つ糸の色は豊富であるから、色を選ぶのも大変だ。

そんなコーデリアにヘーゼルは「では、獅子の図案はいかがでしょうか」と手を軽く頬に当てながら提案した。

「獅子、でございますか？」

「こちらに見本はありますし、獅子は騎士の聖獣とされています。きっとお父様にも、お兄様方にも喜ばれますわ」

確かに、コーデリアもそれは把握している。

だが、獅子だ。

少し難易度が高い気がするのだが……しかしヘーゼルの〝名案ここにあり！〟というキラキラした雰囲気からは逃れられそうにない。

「そうですね。獅子は守り神ともいわれていますし、頑張ってみます」

「色は何にされますか？　黄金の獅子も、銀獅子も……いえ、黒獅子も素敵ですわ」

「そうですわね……迷うのですが、この、赤か薄桃色に……」

「いえ、やはり金ですわね！　輝く金の獅子……素敵ですわ！」

「……ええ、では、金をお借り致しますね」

うっとりとしているヘーゼルは、友好的でも押しの強さは相変わらずである。

金色はあまりエルヴィスや兄たちのイメージに合うような気はしないのだが、それでも好意からの提案であれば断るのも忍びない。今回は練習と考え、ヘーゼル提案の金色を受けるべきだろう。

後々彼らに贈るのであれば、似合う色で刺し直せばいいのだ。

コーデリアは刺繍枠にハンカチをセットし、糸を針に通した。見本を見てもやはり難しい図案だとしか思えなかったが、ここまでくればもう針を刺していくしかない。

「そういえば、コーデリア様のお耳にはもう入っていますか？　最近、城下で面白いお話がありますのよ」

「面白いお話ですか？」

作業を開始してしばらくした頃、思い出したようにヘーゼルがそう口にした。

コーデリアは白い布から視線を上げてヘーゼルを見た。

面白い話。聞き覚えはなかった。

「ええ。なんでも城下に不思議な力を持つ子供がいて、とても当たる夢見占いをするとのことなんです」

「夢見占い……？」

「天候から紛失物まで、夢を通じて様々な占いをする少女がいるというのです。庶民の間では聖女の再来ともてはやされているそうですよ」

「あら……それは、すごい方なのですね」

少し興奮気味に話すヘーゼルに対し、コーデリアは腰が引けた。

嫌な予感がする。いや、嫌な予感しかしない。

どことなく背筋も冷えてしまうような感覚に陥った。

まさか、とは思う。しかし同時に、頭をよぎるそれに間違いはないとも本能が訴えている。

「もしかして……その少女はシェリーという名前ではないかしら？」

「あら？　コーデリア様もやっぱり噂はご存じなのですね？」

（やっぱりか‼）

コーデリアは心の中で大きく叫んだ。嫌な予感ほど当たるとはよく言ったものだ。ぜひともこの予想は外れてほしかったのに。

シェリーは、ゲームの中のヒロインだ。

ゲームの中の彼女は、主人公らしく特殊能力を備えていた。それは強く願ったものを夢で見ることができる力だ。それは占いなんて可愛らしいものではなく、未来視といったほうが近いかもしれない。ゲーム内では彼女以外にその能力を使える者は登場しなかった。そしてこの世界でも珍しい能力だからこそ、彼女は聖女に例えられながら噂になっているのだろう。

（出会わなければいいと思っていたけど、やっぱりいるのね）

間違いなく『夢見のシェリー』はヒロインの『シェリー』のことなのだろう。コーデリアにとってシェリーとは、王子と同等に避けなければいけない相手である。

（もちろん『コーデリア』の死に様《ざま》は自業自得な面が強いわ。それでも王子とシェリーに出会わなければ死ぬほど心を乱すこともなかった……って思うと、やっぱり私には縁起が悪すぎる）

もちろんシェリーが王子に、そして王子がシェリーに惚れなければコーデリアにも害が及ばない可能性はある。そもそもゲームと同じだと考えるのも極端すぎるだろう。しかしそれを理解していても生死がかかっている以上、コーデリアには楽観視などできなかった。何らかの拍子に誤解を受ける可能性だってあるのだ。あえて仲良くする理由がないのであれば、可能な限り距離を置いて相互不干渉の関係を築きたい。

（ゲームと同じ進行であれば、シェリーが王子に出会うのはまだ先の話だわ。夢見の噂で、生き別れになった貴族の父親……クライドレイヌ伯爵が市井に暮らす娘を見つけて、伯爵家に迎え入れる

のよね）

彼女がシンデレラストーリーを歩むというなら、それを邪魔するつもりはない。むしろ彼女が運命の出会いを果たしハッピーエンドを迎えたのなら、諸手《もろて》を挙げて祝福できる。彼女が幸せを掴んだのなら、きっとコーデリアの破滅の道も消滅するのだから。

そう、何度でも言える。邪魔はしない。だから極力自分にも関わらないでいて欲しい。

そう考えただけでコーデリアの気分は重たくなった。もちろんヘーゼルの手前、盛大なため息をつくことは憚られた。

けれどどこの話題を出したということは、ヘーゼルもおおむねシェリーについては好意的にとらえているのだろう。頭が痛いなとコーデリアは思ったが、意外なことにヘーゼルは声のトーンを元に戻した。

「でも、そんな占いは望ましくないですわね」

「え？　ご興味がおありなのでは？」

否定的な言葉を予想していなかったコーデリアは、思わず首を傾げてしまった。

「もちろん興味はございますわ。私、占いは好きですもの。恋愛占いとか気になるでしょう？」

「では、どうして？」

「それはその占いが百発百中というからですわ。そんな占い、私は望みませんもの」

「良い結果でも、悪い結果でもですか？」

「ええ。たとえ外れない占いで悪い結果が出ようとも、私は気にせず努力する自信を持っていますわ。でも、良い結果が出た場合は慢心してダメになってしまう気が致しますの」

堂々と臆することなく言うヘーゼルにコーデリアは面食らってしまった。目を瞬かせたコーデリアは、やがてその表情を緩めた。

「ヘーゼル様ってとてもお強くていらっしゃいますね。素敵ですわ」

「あら、褒められてしまいましたわ」

口元に手を当て、少し大げさに笑うヘーゼルにコーデリアもつられて笑った。

「ねぇ、コーデリア様はお父様と将来のお話はされますの？」

「時折は。今は将来自分の歩む道がどのような道であっても困らぬよう、多くのことを学んでいる最中です」

一度話し始めて気が楽になったのか、ヘーゼルは続けてコーデリアに尋ねた。コーデリアにとってもシェリーの話題よりエルヴィスの話題の方がずっと気が楽だ。だから詰まることなく自然に答えたのだが、目の前のヘーゼルはその答えを聞くなり口角を上げた。

「では、お父様とは、縁談のお話などもなさいますか？」

「えんだ……縁談っ⁉」

少し気を抜いた矢先の予想外の言葉に、コーデリアは思わず声を大きくしてしまった。もちろん将来の話であれば縁談の話が含まれていてもおかしくはないが、いささか急である。事前予告されていた恋の話からも随分進んだ話である。

思わず叫んでしまったコーデリアは軽く咳払いをした。

「失礼、縁談のお話はまだ……」

確かに三歳の頃にならあった……というより目指すよう諭されたことはあったが、そこから十年近く何も話がないのだ。恐らく時効だろう。だから縁談の話はない状態で問題ない。コーデリアはそう思いながら言葉を濁《にご》した。……むしろそうなっていないとなると気が気ではないのだが、はっきりと父親の口から聞いたわけではないことが引っ掛かる。

「お父様が、コーデリア様はヴェルノー様か王太子殿下に嫁がれるのではと言っているのを聞いたことがありますわ」

「……ヴェルノー様はあのフラントヘイム侯爵家のご子息。彼が心より愛する人以外との婚姻はないかと。殿下も恐れ多いです」

前半は心からの言葉を、そして後半は希望を込めてコーデリアは言った。

加えると、あれだけ敵意をあらわにした後であるのに、ヘーゼルが平然とヴェルノーの名前を出したことに少し驚いた。しかし探るような様子でもない。切り替えが早いと言えばそれまでかもしれないが……ちょっと早すぎるのではないか。

コーデリアの答えを聞いたヘーゼルは、にっこりと笑った。

「私、いっぱいしたいことがございますの」

「それは？」

「恋をして、ライバルと競って、それで見初《みそ》められて幸せになることですの。もちろんライバルがいない方が振り向いてもらえる可能性は上がりますが、想い人が多くの方に想われるほど素敵な方であれば、ライバルがいても仕方ないと思いますの。でも、ライバルがいても私が自分を磨けばよい話ですし、私は負けませんわ！」

頬に片手を当て、ヘーゼルはほうっとため息をつく。

ヴェルノーが素敵な方かどうかはさておき、ヴェルノーに憧れる令嬢が多いことは本当だろう。本人は王太子のことばかり聞かれると愚痴《ぐち》をこぼすことも多いが、侯爵家の嫡男だ。おまけに容姿が整っているのだから、あと数年もすれば社交界の華になることは間違いないだろう。

「コーデリア様も恋愛願望をお持ちで？」

「具体的には想像もできませんが、一応……そうですわね……」

消え入りそうな返答だったが、それでもヘーゼルには十分届く声であったらしい。

「それは、例えば先日仰っていたジル様という方……」

「ジル様は友人ですわ」

「……即答ですのね。でも、それが恋にかわることだってあり得ると思いません？　幼馴染の恋……想像すると素敵ではございません？」

「……」

素敵かどうかと問われても、コーデリアには想像できなかった。そして、そのような想像をすることはジルにとっても失礼なことにあたるのではないかと心配になる。それ以上に一度でもそんな想像などしてしまえば、以降ジルに手紙を書く際は罪悪感で一人悶《もだ》えることになるだろう。会う時だってどんな顔をすればいいかわからない。友人にそんなことはできはしない。

コーデリアは自らに言い聞かせた。

ない。そんなことはない、と。

そんなコーデリアとは対照的にヘーゼルはにこりと笑うと、青い鳥が半分仕上がった布をテーブルに置き、祈るように両手を組む。

「私の両親は、婚姻までに顔を合わせたのはたった三回だったそうです。それでも仲が良い、素敵な間柄です」

彼女はそのまま言葉を続けた。

「貴族の子女たるもの、生まれた時から婚約者がいることも少なくありませんし、私もそれ自体に否定的な感情を持っているわけではないのです。ただ、私は恋愛に憧れています。初恋を許されていることが、とても嬉しいのです」

少し目を伏せたヘーゼルは、いつになく令嬢らしい様子である。

彼女は「そして、叶うなら……」と、まっすぐコーデリアを見つめた。

「私も、小説の主人公のように、全力で恋に励《はげ》み、叶えたいのです。猶予《ゆうよ》期間はそう長くございませんが、ヴェルノー様に見初めていただける可能性を捨てたくはないのです。だから、これからも励んでまいります」

そう言い切ったヘーゼルに、コーデリアは苦笑した。素敵な心掛けであることには違いないと思うのだが、彼女の本気はヴェルノーを引き攣らせているのもまた事実。世の中バランスというものは難しいなと思ってしまった。同時に、この彼女の表情を見ればヴェルノーも苦手意識を払拭《ふっしょく》できるのではないかと思ってしまう。普段は……失礼な言い方をすれば厚かましさすら感じさせるヘーゼルだが、今は静かで強い印象を受けた。

「実は私も、人にこのような話をするのは初めてです」

「どうして、私に？」

「コーデリア様も同じような環境でしょう？　同じ伯爵家の令嬢として、通ずるものがあるのではと思ったのです。親友ですし」

ウインクしたヘーゼルは、再び布を手に取り続きを刺し始めた。

「コーデリア様にも素敵な巡りが訪れるよう、私もお祈りいたしますわ」

「では私もヘーゼル様が満足されるよう、お祈りを」

「ありがとうございます。けれど、協力は求めませんわ。これは私の戦いですから」

その言葉にコーデリアは安心し、けれど申し訳なくもなった。ヴェルノーとも友人である以上、彼の気持ちも汲《く》んでおきたい。だがヘーゼルも信念のもとに行動しており、助けを求められれば手を差し出したくもなるところだ。だからその狭間《はざま》で悩まなくても良いなら、ありがたいことこの上ないのだが……やはり少し複雑だ。特に同じ伯爵令嬢の立場を鑑みて、これほど堂々としているヘーゼルに何もできないのは心苦しい。

「ヘーゼル様」

「何かしら」

「何かあれば、お話を聞くことくらいはできますから」

コーデリアがそう言うと、ヘーゼルは満足そうに笑った。そして「いずれ」と。

コーデリアはそれ以上ヘーゼルに何も尋ねなかった。質問するよりも先に片付けなければならない問題がある――それは今まさに手にしている刺繍の進捗《しんちょく》具合の問題だ。

この図案、初めから難しいことはわかっていたが、実際に刺し始めると想像以上に難易度が高い。ヘーゼルに見られていなければ別の図案に変えたいと思うくらいだ。だが仮に見られていなくても逃げてはいけない。刺繍という強敵を前に逃亡するようでは、令嬢としての品格に欠けるとコーデリアは自分に言い聞かせた。

「……私もお父様に自慢していただけるように、頑張らなくてはなりませんね」

いくら研究を頑張っているとはいえ、令嬢としてのスキルは基本である。これが欠けては研究の成果を持っていても、ただの変わり者として扱われてしまうかもしれない。

こんなところで白旗を上げるわけにはいかない、とコーデリアは気合いを入れなおした。するとヘーゼルは不思議そうに首を傾ける。

「あら、コーデリア様の素敵なお噂は色々ございますよ？　お父様としても誇らしいでしょう」

「そうだといいのですが……私自身にもっと誇りがなければ、お父様に誇っていただけないと思うのです。まだまだ足りないと思うのです」

「コーデリア様は自分を誇ることができない程、柔《やわ》な人には見えませんわ。だって私の永遠のライバルですから」

「……ヘーゼル様の中で私がどんな存在なのか、よくよくわからなくなって参りました」

とはいえ、ヘーゼルにそれほどまでに認められているということだけはコーデリアにも理解できる。浮かんだ表情は照れたような苦笑になってしまった。

そして、やはり人に認められることは嬉しいことだと感じた。


その後、二人はお茶を挟んで刺繍を続け、外が暗くなったとほぼ同時に客間に運ばれた夕食を味わった。

ヘイル家の食事はパメラディア家に比べ、挽肉《ひきにく》や魚のすり身といったような素材を組み合わせることにより味を引き出す料理が多かった。どちらかというと素材そのものの味をより引き出すことに重きを置くパメラディア家の料理とは違っていたが、現世で初めて煮込みハンバーグに似た料理も食べた。聞くところによると、ヘイル家の領地に住まう民族の伝統料理らしい。

その他には、花や葉を象《かたど》ったり細工を加えられた野菜や果物など、目にも楽しい盛り付けが特徴的だ。食べてしまうのがもったいない。

（クラシックな盛り付けも私は好きだけど、これもやはり華やかで綺麗）

そう思いながらコーデリアはふと、こういったものは特に若い女性に好まれそうだと感じた。

そして同時に、例えば今日土産として持参したアロマキャンドルも、このように目も楽しませられれば付加価値がつくかもしれないと考えた。

香りはあるが、今は形に拘《こだわ》ったものは作っていない。見かけはただの蝋燭だ。

将来的に多く流通させるつもりであるなら、今目にしている野菜や果物のように一つ一つに手間をかけることはできないだろう。だが簡単な形なら可能であるだろうし、中には相応の価格を設定して趣向を凝《こ》らしたものを混ぜても楽しいはずだ。視覚と嗅覚、両方に訴えかけるのはより興味を引きつけることにつながるだろう。

そしてそう考えたところで、また別のことが頭に浮かぶ。

(でも香りと形ね。蝋燭だと少し難しいことかもしれないけれど、たとえば石鹸《せっけん》だともっと別のこともできるかもしれないわ。例えば香り高い石鹸を使ったソープカービング教室モドキを開くなんてどうかしら)

香りを楽しみながら石鹸を彫ることで、立体的な花や葉、それから菓子をモチーフにした様々な形を作り出していく。使うのはナイフ一本だ。出来上がった作品はインテリアに向いている。それは新しい娯楽として受け入れられるかもしれない。

そんな手習いを広めれば、自身の情報収集の場も広がるかもしれない。柔らかい石鹸なら貴婦人の手でも彫れるはずだ。そして同じものが二つとできないのは刺繍と同じだ。

上手くいくかどうかはまだわからないけれど、コーデリアは自宅に戻ったらすぐに彫りやすい石鹸の開発と鍛冶屋《かじや》に彫刻用ナイフの試作依頼を出さなければと考えた。そもそも専門に行っていた植物の扱いと違い、前世でもソープカービングはあくまで趣味の一環だった。目の肥えた貴族に受け入れてもらうには、自らの腕を磨くことも必須になるだろう。時間がかかることかもしれない。

（ひとまず私が彫ってみて、ニルパマ伯母様やアイシャ様の反応を窺ってみましょう）

そのうえで反応が良ければ侯爵夫人であるサーラの目に留まるか確かめてみるのも悪くはない。

仮に軌道に乗らなかったとしても、失うものはないのだ。

そんなことを考えながら野菜を目にし、微笑んでいたのが原因だろう。ヘーゼルはコーデリアを見ると、満足そうに言った。

「コーデリア様が我が家の食事をそんなに気に入ってくださって、少し驚きですわ」

料理のことだけではなく他のことも考えていたので、純粋な言葉にコーデリアの胸は少し痛むが、色々思いついたのも料理を見たおかげである。それに、実際美味しいので間違いではない。

コーデリアはヘーゼルに微笑み返す。

「やはり色々見聞きし、経験することこそ大切なのだと思いました。今いただいておりますお料理も趣向が凝らされ、とても新鮮に感じられますわ」

しかしその言葉に、ヘーゼルは少し口を尖らせた。

「確かに我が家の料理は手が込んでいて、とても美味しいですわ。でも、もう少し原形を残しても良いと思いますの。私はバーニャカウダが好きなのですが、絶対に我が家の食卓には並びませんわ。お母様のご実家に遊びに行ったときにしか食べられませんの」

「でしたら、今度我が家の夕食においでくださいませ。料理人に伝えておきますわ」

「本当ですの⁉　楽しみにしておりますわ！」

そうして最後に出されたラズベリーとピスタチオのムースまでしっかりお腹に収めたコーデリア

は、すっかりヘーゼルとも打ち解けて話せるようになっていた……と思っていたのだが、よくよく思い直せばここからが本番なのだ。

そう、ヘイル家に来ることを一番躊躇《ためら》わせた原因であるガールズトークの時間はこれからなのだ。昼間も確かに多少は話したが、以前聞いたヘーゼルの言葉から察するにあれはきっと前座であったに違いない。夜からが本番だ。そうコーデリアは思っていた。

しかしヘーゼルは食事が終わったとほぼ同時、「今日はちょっと疲れましたの」とコーデリアが予想していなかった言葉を口にした。

コーデリアは止めなかった。むしろ彼女が疲れているのであれば是が非にでも休んでいただきたい。その思いからコーデリアが「では、お話はまたの機会に」と微笑むと、ヘーゼルは申し訳なさそうに「お言葉に甘えますわね」とコーデリアに告げた。

そうして一番の懸念を回避できたコーデリアは、ほっとしながら夜を迎えることに成功した。しかし余りにほっとしすぎていたため、手土産のアロマキャンドルを渡すタイミングを完全に失うという失敗もしてしまっていた。しかしそれは帰る前までに渡すことができればいい。明日もある、そう思い直し一人になった部屋でゆっくりとベッドに腰掛けた。

なかなか衝撃的なことも多かったが、普段とは違う体験の連続は貴重だったと思う。

しかし今からの予定がなくなったということは、思いのほか長い夜になりそうだ。寝るまでに行わなければならないことといえば、湯で体を拭《ぬぐ》うことくらいだ。部屋に備え付けられている鈴で使用人を呼べばいつでも用意できるとヘーゼルからは言われている。

さて、どうしようか。たっぷりと睡眠をとるのも悪くない。

コーデリアがそう考えた時、カツンと窓に何か小さなものがぶつかる音が聞こえた気がした。

気のせいだろうか？　そう思っていると、暫《しばら》くして再び同じ音が聞こえる。

一体何だろう？

コーデリアはゆっくりとバルコニーに続く窓に近づき、そっと窓に手をかけて外の様子を窺った。

そこで目についたのは二つの小石だった。小さいはずのそれは、ゴミひとつない空間で大きな違和感を放っていた。コーデリアは窓を開けると一歩足を踏み出し、それを屈《かが》んで拾い上げた。やけに触り心地の良い小石だった。指先でそれを転がしてみながら、首を傾げる。

持ち帰りたいくらい綺麗な石だが、やはりこんな所にあるのは不自然だ。

そんなことに気を取られていたので、全く気付けなかった。

「こんばんは、ディリィ」

よく知った声の主が、完全に気配を消して壁に背をもたれ掛からせていたなんて。

思わず指先から石を落としながら、コーデリアは少し硬い動きで声の方に首を動かした。そして発した声は、少しどころか大分ぎこちなかった。

「……どうしてここにいるのですか、ジル様」

第二十幕　小さな星空

突然気配もなく現れた友人にコーデリアは呆然とし、思わず尋ねてしまった……が、彼の姿を見て再び言葉を失った。

声でジルであることはわかった。だが、その姿はどういうことだろう。

「狐《きつね》のお面……？」

この世界でその面は見たことがない。しかし、その白くて目元に赤い縁取りがある狐の面に見覚えはある。少し記憶にあるものとは違う気もするが、ニホンのお面にかなりイメージが近い。おそらくこの国で作られるものではないだろう。しかしなぜそんなものをジルが被っているのだろうか？　西洋風のこの雰囲気の中では少しばかり異質だ。

コーデリアはじっとジルを見たが、面の下でジルがどのような表情を浮かべているのかは覗《うかが》えない。肩が少し揺れたことから、笑いをこらえているだろうと予想はできた。今は笑っている場合なのだろうか。いや、そんな場合ではないはずだ。

「……不法侵入ですわよ、ジル様」

そう、突然の登場も狐のお面も、二階なのにどうやって現れているのかということも……この際すべてを考えないことにしても、その問題は残るだろう。

呆れたコーデリアの言葉に、彼はゆっくりと面を外した。

「一応、無断で敷地に入ったわけではないんだよ。家からの使いで、ヘイル伯爵へ届け物をしに来たからね。単にまだ帰っていないだけだよ」

面を外した彼は、とても穏やかな表情をしていた。

しかしその表情で、コーデリアの脳内にはヘーゼルの声が再生された。

『コーデリア様と……、その、ご友人とは想い合っていらっしゃるのですか？』

『幼馴染の恋……想像すると素敵ではございません？』

コーデリアは咽《む》せそうになったのを必死でこらえ、咳払いのようにして誤魔化した。

「ディリィ？」

「失礼、参考までにお聞かせ願いたいのですが……そのご用事はどれほど前に終わられました？」

「ちょっと秘密かな」

子細《しさい》をぼやかすジルの様子から、コーデリアはやはり無断侵入も同然なんだろうと察した。たとえ屋敷に入る許可は得ていても、既に去ったものとして扱われているのだろう。

何をしているのだ、この少年は。

若干胡散《うさん》臭そうにコーデリアが見ると、ジルは少々早口で言葉を加えた。

「ディリィがこの屋敷にいるのはヴェルノーに聞いていたんだ。用を済ませたら、すぐ帰るつもりだよ」

「そうですか……などと納得できるとお思いですか？　そもそも、どうしてこの部屋に私がいるとおわかりになったのか不思議ですわ」

この屋敷は広い。たとえ屋敷にいることがわかっても、簡単に見つけることは叶わないだろう。

だがジルはその質問にあっさり答えた。

「それは難しくないよ。ディリィの魔力は森によく似ているから、辿りやすい」

「え？」

「私は一度出会ったことのある相手なら……そうだね、相手が気配を隠していない限り、この屋敷の範囲くらいならすぐにわかるよ。気配を消されてしまうと、違和感がある程度にしかわからないけどね」

ジルはしれっと言ったが、その内容にコーデリアは驚いた。

「……随分、高度な技術ですね」

少なくとも子供が使うような魔術ではないことは、コーデリアにもわかる。パメラディア家の魔術師たちならそれも業務の一環として行っていると思うが、あくまでそれは専門家の行動だ。もしかすると、ジルは魔術を専門に修めた者なのだろうか？

コーデリアはジルをじっと見た。すると、ジルは急に視線を逸らした。

「屋敷を抜け出すのに必要なことだから、技術を磨かざるを得なかったんだ。誰にも会わないようにしなければ抜け出せないから、人の気配には敏感だよ」

「なるほど……それで気配を消すのも得意なのですね」

魔術師かどうかは別として、とんでもない理由でその技術を磨いたらしいジルにコーデリアは呆れるが、あまりに年相応すぎる動機には思わず納得してしまう。人間、欲には素直になるものだ……と頷くには少々規模が大きすぎる気もするが、何せジルと初めて出会ったのも街中だった。ヴェルノーの友人であることも考慮すれば、ジルが多少型破りなことをしても不思議ではない気もする。

それも納得すれば、最後に残る疑問は彼が手にしている面のことだ。

「今日は随分変わったお面をお持ちなのですね」

コーデリアの言葉にジルも面に視線を移すと、軽く顔を隠すようにそれを動かした。

「最近我が家に、とても目が利く人が雇われてしまってね。今までと違って気配を消しても見つかりかねないから、抜け出す時は万が一の保険だと思って被ってるんだ。私がこの面を持っていることを、彼はまだ知らないからね」

「……そんなものを被れば余計目立つと思いますが」

「それが案外目立たないんだよ。気配を消している時に限るけどね。この面自体が彼の認識の中にないものだから、こちらが気づいて欲しいと語りかけない限り、基本的には透明のように映るらしいんだ。初めてこの面をつけたまま気配を消してヴェルノーに会った時、そう言われたよ」

そうジルは悪戯っぽく笑った。初めて会った時、まるでお忍びを理解していない様子だったのが嘘のようだ。もうあれから四年になるといえ、普通より随分抜け出すのが上手くなっているらしい。

「……して、そのお面はどちらで手に入れられたのですか？」

「これは市《いち》だよ」

「市？」

「もうすぐ行われる建国祭に合わせて、王都にキャラバンが来ているんだ。珍しいものが多くてね。これを買ってしまったんだ」

その言葉にコーデリアは驚いた。

王都へやってくるキャラバン。もちろんその存在をはじめて聞いたというわけではない。建国祭に合わせてやってくるのはキャラバンだけではなく、劇団や語り部《べ》、大道芸人と芸術を磨く者たちも多く、城下がとても華やぎ一般の旅行客も急激に増える。

その結果、エルヴィスやイシュマたちがいつもにも増して忙しそうになる。警備の実務や割り振りなどの仕事が増えるらしい。だからコーデリアは忙しい父兄に迷惑がかからぬよう、毎年その期間中は普段より大人しく過ごしていたので、実際に建国祭を見たことがない。

キャラバンを含む祭りには興味がある。しかしキャラバンについては領内視察で見た市を思い浮かべ、王都では見学できずとも領内で似たようなものを見られると自身に言い聞かせていた。エルディガも交易拠点としては規模が大きいので、比較的距離の近い王都でも品揃えが大きく変わることもないだろう……と思おうとしていた。

けれど現実はどうだ。全く見たことがない物をジルは手にしている。やはり王都はそれだけ人の集まる規模が違うということなのだろう。

しかし、その事実を知ったところでエルヴィスたちの仕事が例年よりも減ることなどないだろうし、いずれにしろ諦めるより他にない。

（大人になったら、見ることができる世界がもっと広がるのかしら）

そう思うと早く大人になりたいと思う。けれど同時に『もう少し子供として研究に熱中していたい』という背反《はいはん》する気持ちもある。

そんなコーデリアのぐるぐると回る感情とは逆に、堂々と城下を冒険しているジルが少しだけずるく見えてしまった。

「ジル様はお忙しいとお聞きしておりましたのですが、案外羽を伸ばされているのですね」

ジルに八つ当たりをするのは御門違《おかど》いも甚だしいのだが、つい悪態をついてしまう。そんなコーデリアの様子にジルは苦笑いをするが、一つ咳払いをして空気を切り替えた。

「本題なんだけど……ディリィは夜に外出するのは難しいって聞いたから、それならこれを……と思って持ってきたんだ。どうしても見せたくてね」

そう言ってジルが足元から抱えあげたのは、肘から指先ほどの背丈の小ぶりな木が植えられた鉢《はち》だった。木は白い小さな花を付けている。コーデリアにはこの花に見覚えがあった。

「ジャスミン……？」

「ああ、やっぱり知っていたんだ」

「知っていたけど、どうしても見つけられなかったのです。文献にも生息地域の記載はなくて……」

ジル様は、これをどこで？」

「星降る丘。静かで綺麗な光景だから、ディリィにも見せたいんだけどね」

なるほど、ジルはただ星を見せたかっただけではなく、この花も一緒に見せたかったらしい。行けるとは思わなかったが、星だけでも充分魅力的な誘いだった。そんな上でこの花を見せられれば、現地への思いはより強くなる。

行きたい。星と花、その両方を眺めてみたい。そしてできればもう少し多量の株も持ち帰りたい。鉢を受け取りその株を眺めながら、コーデリアは強く思った。

ジャスミンは精油で香りを楽しむことはもちろん、スキンケアや筋肉痛・リウマチ痛を緩和する湿布剤にも使用できる。しかし難点もある。それはジャスミンも薔薇と同じく採油率の少ない花なのだ。だから一株では精油を採取することなど不可能だろう。

けれど、一株でもジルが届けてくれたこの花に喜びは隠せない。

どうしよう。何から考えよう。いや、考えるまでもない。まずは株を増やすところからだ。相当な量がなければ精油の採取なんてできはしない。けれど、温室はほぼいっぱいだ。この一株くらいなら全く問題はないが、増やしていくならどこにしよう。

そんなコーデリアをジルは満足そうに見て、笑った。

「実は今日はそれだけじゃなくて……これも、持ってきたんだ。この国では冬を越すことは難しいそうなんだけど、ディリィの使っている温室の技術を生かせば育てられるんじゃないかと思って」

「アロエベラ⁉」

「……君は本当に植物に詳しいね」

驚き目を丸くするコーデリアに、ジルは少しおかしそうに笑った。

けれどそんなことを気にしていられないくらい、アロエベラの存在はコーデリアにとって一大事だ。アロエベラは葉を切り開いてジェルとして火傷《やけど》の治癒《ちゆ》に使えるだけではなく、ジェルをかき集めて弱火にかければローション剤にも変化する。もちろんこのローション剤は先程のジャスミンとの相性も良い。

「これもキャラバンで見つけたのでしょうか？　冬が越せないんですもの、この国のものではないですよね？　キャラバンにはこんな素敵なものも売っているのですか？」

「いや、これは知り合いから譲り受けたんだ。この草の効用を知り、かなり苦労して個人的に輸入したという研究者がいるんだけど……気温と魔力のバランスのせいか、そのほとんどが枯れてしまってね。元はたくさん入手したそうなんだけど、これが最後の一鉢らしいんだ。全部枯れてしまうのは可哀相だから育てられる人がいたら、と譲ってくださったんだよ」

「……もしかして、ジル様は薬草の研究者とお知り合いなのですか？」

「うん。意外かな？」

「ええ」

コーデリアは、悪戯っ子のような表情のジルに素直に頷いた。

「知り合えたのは本当に偶然だったんだけど、とても優しくて面白い人だよ。勝手に先生と呼ばせてもらって、時折ご指導を賜っているよ」

「その方のお名前は？」

「本名は私も知らないけれど、〝緑の魔女〟と名乗っていらっしゃる。王都にお住まいだ」

「………」

「そんな顔しなくてもわかってる。ディリィも会ってみたいんでしょう？」

ジルの言葉にコーデリアは少し肩を跳ねさせた。図星だ。ド真ん中と言っても良い。

図々しくはないだろうかと少し躊躇《ちゅうちょ》してしまうが、アロエベラに興味を抱くような研究家にそうそう出会えるとは思えない。それにその先生なら、他にもコーデリアが興味を抱くようなハーブも知っているかもしれない。

葛藤するコーデリアを見て、ジルは笑った。

「心配しなくても大丈夫だよ。先生もアロエベラを欲しがりそうな少女に会いたいと仰っていた。ディリィの都合がつくようなら案内するよ。昼間なら……そうだな、ヴェルノーに用件があるといって家を出ることも可能なんだろう？」

「それは大丈夫ですが……けれど、ジル様はお忙しいでしょう？　ヴェルノー様が以前に仰っていました」

「大丈夫。抜け出せない日もあるけど、しっかりとやることをやっていれば問題はないはずなんだ。それに屋敷の中だけじゃ私も息が詰まるし、頭が固くなってしまう。まあ、こっそり抜け出すことにはなるだろうけど」

冗談めかして小さく笑うジルの言葉に、コーデリアは再び悩む。ジルに無理がないというなら、ぜひお願いしたい事柄だ。コーデリアも建国祭の時期を過ぎれば外出はしやすくなる。

だが、だ。それもあくまで一人ではない。

「……ジル様は、ロニーが一緒でも大丈夫でしょうか？」

「ロニー？」

「ええ。我が家の魔術師です。私の研究の手伝いもしてくれています。そして、私の護衛も担《にな》ってくれています」

コーデリアが外出する際に一番気を遣わなくていい護衛は、間違いなくロニーだ。

彼は融通が利く。きっとロニーも研究者と会うとなれば面白がるだろう。

しかし、正体を伏せているジルが見知らぬ人間の同行を快く思うだろうか？　わざわざヴェルノーに協力を仰ぎ姿を変えているらしいジルだ。たとえ仮の姿であっても、他人に姿をさらすのは抵抗があるかもしれない。

コーデリアの問いに対しジルは一瞬眉間に皺を寄せたが、すぐにふっと肩の力を抜いた。

「構わないよ。ディリィの選ぶ人なら問題もないだろうし」

「無理はなさらなくてもいいんですよ？」

「いや、いいよ。困ることもないし」

「ですが……」

「本当に気にしないでいいよ」

ならば先ほどの難しい顔はなんだったんだと思うが、ジルは強く念を押している。

「……本当に、よろしいのですね？」

「もちろん」

念のためもう一度だけコーデリアは尋ねたが、ジルは即答した。ならば本当に遠慮はいらないのだろう。

「では、建国祭が終わればお願いいたします」

「ああ。じゃあ、本日最後の用件を。残念かもしれないけど、最後のこれは草花じゃないんだ。私の工作を見てもらおうと思って」

そういってジルが見せたのは、手のひらに載るくらいの黒い箱だった。

「これは？」

見る限り、ただの箱だ。もう少し言うなら、固そうな箱だ。金属製なのかもしれない。けれど、用途は全くわからない。

コーデリアは、箱とジルの交互に視線を送る。

「…………」

「ジル様？」

「ディリィ、ごめん。今、大変な計画不足が露呈した」

「え？」

計画？　その箱とどういう関係が？

そうコーデリアが頭に疑問符を浮かべていると、ジルは気まずそうに口を開いた。

「これ、ちょっと室内じゃないと起動できないんだけど……その」

その曖昧な言葉にコーデリアは納得した。

なるほど、起動するということは、これは何かの機械らしい。そして室内でしか使えないようだが、陽が落ちたこの時間に小さな紳士は小さな淑女の部屋に入ることに躊躇を覚えているようだ。

（そのようにしっかりした意識を持ってらっしゃるのに、うっかりって……ちょっと可愛らしいかもしれないわね）

コーデリアは一歩足を引き、そして部屋への通り道を譲った。

「私は気にしませんよ。無論、ヘイル伯爵に知られるとよろしくないと思いますが」

もとより入室自体に躊躇いも見せるジルなら、困るようなことにはならないだろう。

（でも、ヘイル家と交流があるとジル様は仰ってたわね）

一体彼の実家はどういうところなのだろう。気にはしないと毎度思いはするものの、小出しに伝わる情報のせいで余計に疑問が深まっていく。

「今度はもっとしっかり考えるよ」

そんなコーデリアの疑問をよそに、ジルは部屋に入ってきた。しかしそれでも遠慮しているのだろう。彼は窓際に腰を下ろした。部屋の中といえば部屋の中だが、ずいぶんな隅《すみ》である。

そして床に黒い箱を置き、内部を操作する。箱からはゆるやかな明かりが零れた。

「これは、ランプですか？」

「ランプではないんだけど……ちょっとカーテンを閉めるね。部屋の明かりを落としてもらっても大丈夫かな？」

「ええ。問題ございませんわ」

明かりを落としても、ランプが輝いているなら問題ない。コーデリアの返事を聞いたジルはカーテンを引いた。

コーデリアも部屋の明かりを落とすと、箱から洩《も》れる暖かな光がより強調された。ゆらゆらと揺らめく明かりは蝋燭のようだった。

これから何が起こるのだろうとコーデリアはジルを見た。心なしかジルの表情は硬い。先程彼が小さく口にした通り、緊張しているのだろう。

そして彼は目を瞑《つむ》ると箱の正面に立ち、両手を重ね合わせ小さく呟いた。

「光の雫《しずく》、舞い上がれ」

ジルの言葉に誘われるように、零れていた光は水飛沫《しぶき》のように箱から飛び出す。

コーデリアは目を丸くした。光に目を奪われていることに気づけないほど、その光は美しかった。

コーデリアは思わず膝《ひざ》をつき、箱に誘われるかのように近づいた。その間にも眩しく優しい光は溢れ続けていた。

どれくらい光が続いていたのか、コーデリアにはよくわからない。

けれど最後は線香花火のように落ち着いた光になり、箱から零れていた光は消えてしまった。

なのに、部屋に暗闇が訪れない。いや、室内は確かに暗い。けれどカーテンを閉めてしまっている部屋だというのに、箱の存在が目視できる程度に光があるのだ。月明かりが入り込んでいるならともかく、閉め切った部屋ではありえないことだ。

コーデリアは不思議に思い顔を上げると、淡い光を輪郭に受けるジルと目が合った。そしてその後ろに輝く多くの光に気がついた。

彼の後ろだけではない。部屋のあちこちにその光は浮かび上がっている。

「……お星様、ですか？」

「そう。連れていけないって思ったから、作ってきた。今の季節の、真夜中の空だよ」

少し照れくさそうに言うジルは早口で「その箱には星の位置関係を記憶させているんだ」と小さく言った。星は本当に遠近感を感じられるもので、到底届かないところで輝いているように見える。

「ジル様はこれを工作と仰いましたよね」

「うん。ディリィに見てもらいたかったから」

「これは工作ではなく、魔法道具の作成でございますよね？」

「そんな大したことじゃないよ。古代魔術を参考にはしたけど、本物の役に立つような魔法道具に比べたら子供だましのオモチャだし」

「大したことがないわけがございません。私はこのような仕掛け、聞いたことも思い付いたこともありませんから」

魔法道具の作成は制御が難しく、新しいものは殆ど作られない。それどころか、既製品すら複製が難しいのが現状だ。その状況から新しいものを創造するのは並大抵のことではない。ジルは生活用品ではないという意味でオモチャと言ったのかもしれないが、それは違う。そんなことで作成の難易度が変わるわけがない。

コーデリアの言葉にジルは小さく笑った。それはやや照れた表情に見えた。

「星は、ずっとこの世界のことを見てきているから。だから星を見ていると、そんな星たちに恥ずかしくないように生きなければならないと思えるんだ」

「だからお好きなんですか？」

「うん。それにそうすれば……」

言いかけて言葉を切ったジルにコーデリアは首を傾げた。

「どうされました？」

しかしジルは軽く首を横に振っただけだった。

「……いや。これを言うのはやめとくよ」

「内緒ですの？」

「内緒だな。少なくとも今はね」

「……わかりましたわ。でも、その代わり星のことを教えてくださいな。せっかくこのように綺麗な星空を見られているのですもの」

無理に聞き出そうとまでは思わない……というより、無理に聞き出そうとしても今の彼からは聞き出せる気がしなかった。ジルは穏やかだが、お忍びのために高度な技を習得するくらいだ。一度決めたらそう簡単に覆したりはしないのだろう。それに彼は「今は」と言っているのだから、そのうち気が向いたら教えてくれるかもしれない。ならば今は輝く星々の話を聞いてみたい。

ジルは目を瞬かせた後、「いいよ」と目を細めて光を指差した。

「そうだね……じゃあまずは西の空に浮かぶ赤い星と、東の空に浮かぶ青い星のお話からしようかな。ほら、あの星とあの星、対《つい》になっているように見えるだろう？　双子星と呼ばれているんだ。

どちらの星にも美の女神が住むと言われているんだけど、女神たちはどちらが姉であるかをいつも言い争っているらしい」

「何ですか、それは」

「きっと仲が良いんだろうね。仲が悪いならそんな言い争いもしないだろう」

「確かにそうかもしれませんわね」

「次は、その赤星の傍《そば》にある大鷲《おおわし》座の話をするね。大鷲は目の前の砂魚座を狙ってるんだ。砂魚を捕まえたら、赤星に捧げて求婚すると宣言している」

そう言いながらジルは指を宙に滑らせた。すると星と星が光の線で繋がれ、星座がわかりやすく彩られた。

「砂魚座は大鷲座よりも大きくありませんか？　捕まえるのは大変そうですね」

「本当にね。でも本物の大鷲は嘴《くちばし》が鋭い。だからきっと捕まえられるんじゃないかな」

ふっとジルが指揮棒のように指を振ると、星を繋いでいた線は消える。

ジルはそこで少し考えるように星を見回し、そして「次はあれ」と再び星を光で結ぶ。

「南の空に浮かぶ海神星は、唯一地上に降り立ったことのある空の神様が住んでるんだ。海に憧れ、海を作ろうと空の星たちに呼びかけたと言われている。そしてできたのが明るい天の道……星々の川だ。多くの神々はそのことに喜んだんだけど、大鷲は川ができたせいで砂魚を捕りにくくなったと言い、海神を大層恨んでいるらしいよ」

「あら……空の世界も、世のバランスは難しいのですね」

「そうだね。多くの人に喜ばれても誰からも受け入れられるということなんて、きっとこの世に存在しない。けれど、だからこそ……歩み寄れる可能性を海神も探したと思うんだ。円満に解決できないことであっても、そのための可能性を探すことは決して無駄ではないと思うし、海神は思慮深くもあるそうだから。……まあ、結果はいがみ合ってるという様子だけど」

ジルはそう言いながら、星を見上げたまま苦笑していた。

ジルの表情からは、部屋に入ったばかりの時の緊張は消え去っていた。ただ生き生きとした目を空に向けている。

コーデリアはぽつりと呟いた。

「ジル様は本当に星が好きなのですね」

ジルはその言葉に微笑みを返した。

そして再び小さな空を見上げ、軽やかに手を舞わせた。

「最後にもう一つ。私が一番好きな星を紹介するよ。空の中央よりやや北にある星は〝獅子の瞳〟と呼ばれ、天上の王、獅子王座の中央になる。そして夜間、全ての人に方角を教えてくれる。獅子王座は……こうかな。そしてこの近くに、とても似た星の並びがあるんだ。獅子王座より一回り小さい……獅子王の子とされる、若獅子《わかじし》の星座だよ。ディリィも知っていると思うけど、この国の若手騎士の所属部隊と同じ名前だね」

そう言うと今まで立っていたジルは片膝を折り、敬意を表すように空を見上げる。

「若獅子は父である王に憧れている。そして皆に尊敬される父を敬《うやま》い、自分も正しい行いを続けていればいつかは父と全く同じ王になれると信じていた。けれど若獅子の視野は狭かった。正論は言えるが、それしかない。自らが想像する父の虚像を追うだけの幼子だ。ともすれば愚鈍《ぐどん》な王になりかねない状況だった。そんな若獅子を止めたのは、若獅子のちょうど前にある星」

「前にある……あの、小さな星ですか？」

「そう。小さいけど凄く強い輝きだろう？　あれは〝導きの巫《かんなぎ》〟と呼ばれる星だ。巫は若獅子に『獅子王のようになりたければ、獅子王のように人を引き付ける力をつけてからでなければならない。あなたにはまだその魅力がない』と言ったんだ」

「凄く……はっきりとものを言うのですね」

「素敵だろう？　私はこの話がとても好きなんだ。身を引き締めなければと思うし、負けられないと思うからね」

　肩の力を抜くように、ジルはそのまま腰を下ろした。そしてそのまま天に手を伸ばす。当然その手が光に届くことはなく、ただ星明かりに照らされるだけだ。

「あまり……」

「うん？」

「あまり、背伸びしないでくださいませ」

　いままでジルと言葉を交わした時間は長くはない。それでも、ジルは実年齢より大人びた雰囲気であるように感じられた。ジルとの手紙の交換は四年前のあの日、少女を庇《かば》うために飛び出した少年を思い浮かべて行っていた。物腰が丁寧で正義感の強い、しかしちょっと単細胞な少年という印象だ。

けれど、今日の彼からは静かで強い印象も受ける。そして同時に、大人になることを望み、急いでいるようにも感じられた。

「どうして?」

コーデリアの言葉が意外だったのだろう、ジルは首を傾けた。コーデリアは少しだけ迷ったが、まっすぐに言った。

「だって、寂しいではありませんか。大人になれば今までのようなお手紙のやりとりも、それからこうしてお会いできる機会も減ってしまうかもしれません。だから、急がないでくださいませ。いずれ、大人にならねばならぬ時はくるのですから」

すこし冗談まがいの言葉だが、そのほとんどは本心だ。もちろんコーデリアとて迷いはあるものの、大人になりたいと思うこともある。だからジルにそう言うのはずるいかもしれない。

けれどコーデリアと違い、ジルは子供であることに名残惜しさを感じていない。

(なんだか、置いてきぼりの気分よね)

それもどこか寂しいことだ。

それからもう一つ。恥ずかしくて直接言える気はしないが、やはり四年前のジルの行動は格好良かった。もちろん大人になっても彼の行動は変わらないかもしれない。しかし、あの時迷いなくすぐさま助けに入れたのは、彼が理屈で動かない純粋な子供だったからだろう。急に大人になり、もしもその行動理念が変わってしまうとそれは寂しい気がする。もちろんコーデリアとて大分勝手なことを思っているとは理解している。

生まれてしまった微妙な沈黙に居心地の悪さを感じる。今から冗談ですと言ってしまえば空気は戻るだろうか？　そう思い始めた時、ジルが小さく呟いた。

「寂しいと……思ってもらえているのか？」

「え？」

「いや、そうなら……と……」

少し顔が赤くなっているのは、単に光の加減だろうか。ジルの声はコーデリアに尋ねたというより、零れたという方が近いようだった。そして彼は口元を手で覆っている。もごもごと何やら音は聞こえるが、それもこれもコーデリアにははっきりとは聞こえない。

「申し訳ございません、もう一度仰っていただいてもよろしいでしょうか……？」

「いや、なんでもない。そうだ、私もそろそろ帰らないといけないし……また会ってくれる？　連絡するよ」

「え？　ええ。ありがとうございます」

いそいそと立ち上がったジルに続き、コーデリアもゆっくりと立ち上がった。ジルの真後ろはもう窓だ。見送るというほどの距離でもない。ジルの足が一歩バルコニーに出たところで、コーデリアはふと思い出した。

「ジル様、少しお待ちを」

「うん？」

そうして足を止めたジルを確認してから、コーデリアは急いで窓際のテーブルに駆け寄った。そして昼に刺した獅子の刺繍を手に取った。

「これをお持ち帰りくださいませ。あまり上手ではないかもしれませんが、獅子ですわ。少し派手ですが……今日のお礼です」

コーデリアは昼間に刺し終えたそれを、反射的に出してしまったらしいジルの手に重ねた。あの時は金色よりも他の糸に惹かれたが、今は星々と同じ色の刺繍でよかったとも思う。図案と一緒に提案してくれたヘーゼルに少し感謝した。

しかし色と図案に申し分がなくとも、一つ気掛かりなことはある。

それはコーデリア自身の実力だ。

特別下手ではないが、上手だとも自分では言い難《がた》い。ヘーゼルの方が上手なのは自分の目でもはっきり見た。しかしそれでもジルが獅子を好むというのなら、この作品でも少しは喜んでもらえるかもしれない。もちろん気恥ずかしくはある。それにジルがくれた小さな星空は、こんなものとは比べ物にならない。

ジルは刺繍を持ったまま固まってしまっている。

（やっぱりもう少し見栄えがするものを刺し直して、後日お渡しした方が良かったかしら……？）

ジルの手が動いていないので、コーデリアも何となく顔を上げ辛い。せめて何か一言でも言ってもらえれば顔を上げられるのだが……ただただ沈黙の時間が続く。

（ひょっとして……呆れられているのかしら？）

そこまでひどい出来でもないはずだ、そうであると思いたい。あまりの静寂に、コーデリアは徐々に不安になってきた。

（……このままではいけないわ）

コーデリアは意を決して顔を上げた。このまま沈黙が続くくらいなら、下手だと言われても構わない……そんなことを思っての勢いだった。

そんなコーデリアの目に飛び込んできたジルは、ただ目を丸くしたまま固まって自らの手の中のハンカチを見つめていた。まるで石像のようだった。

「……ジル様？」

呆れている様子でないことはわかる。本当にただただ固まっているだけだった。しかしコーデリアの問いかけにジルは肩を震わせ、硬直を解いた。同時に彼は両手でハンカチを広げ、獅子の刺繍を食い入るように見つめた。

「……あの？」

「あ、ありがとう……！　すごく、驚いた。とても、嬉しい」

そう言うなり、ジルは片手で口元を覆いコーデリアから顔を背《そむ》ける。相当喜ばれていることはコーデリアにも伝わった。それはもう、こちらが恥ずかしくなるくらいに。

「……も、もう少し上手になったら、新しいものと交換させてくださいね」

ここまで喜んでもらえるならば渡して正解だったと思うと同時に、そこまで素晴らしい品ではないのにという思いがコーデリアの中に湧く。

だが、そんなコーデリアをジルはとんでもないという目で見た。

「いや、これは返さない」

「なぜですか」

「私のだ」

あまりに堂々と、そしてはっきりと言うジルにコーデリアは一瞬呆気にとられた。彼は返さないという意思表示として体の後ろに手を回して、コーデリアの視界からハンカチを消してしまう。

「……では新しいものを差し上げるのはやめておきましょう」

そんなにそれを気に入ってくれたというのなら、ジルにはそれがいいということなのだろう。コーデリアにはよくわからなかったが、ジルがそれでいいと言うなら無理に奪う必要もないし、そもそも回収するのは不可能そうだ。

しかしジルはコーデリアの言葉に「うっ」と声を詰まらせた。そして視線を彷徨《さまよ》わせ、先ほどまでとは違いどこか迷いがある様子でもある。そんな彼の姿に、コーデリアは小さく吹き出してしまった。

ジルもすこし肩をすくめながら笑った。

「ディリィ」

「はい」

「今日はありがとう。また近いうちに会えることを願っている」

そう言いながらジルは背を向け、今度こそバルコニーから飛び降りて消えていった。

その姿は前回夜会で見た時の姿と重なったが、その時より慣れた様子にも見えた。短期間で上達するとは、ひょっとして彼が高い所から抜け出し始めたというのは最近のことなのだろうか。もちろんそれを確かめる術《すべ》はないのだが。

元々気配が薄かったジルがその場から離れても、辺りを包む空気にあまり変化はない。けれど姿も声もなくなったことで、間違いなく静けさを運んできた。たなびくカーテンの音もはっきり耳に入る。

その音を聞いて、コーデリアははっとした。

「しまったわ。私としたことが……ジル様がどうして薬草を、そしてどういう分野に興味を持って指導を受けられているのかお尋ねするのを忘れていたわ」

次に会った時には聞いてみないと。

コーデリアはそう言いながら、ゆっくりと窓を閉じた。

部屋の中の星々は、まだ煌々《こうこう》と輝いていた。

番外編　風邪引きさんの休息

「では、お嬢様。今日はここまでに致しましょう」

「はい」

歴史の勉強を終え家庭教師を見送った後、コーデリアは少し視界が霞《かす》むような気がして目を擦《こす》った。けれど再び目を開いた時、視界はいつも通りで不思議に感じることは何もなかった。

「気のせいか」と思い直し、特に気にすることなく昼食の席についた。しかし不思議と食欲が湧かず、結局殆ど手を付けることができなかった。

そしてその後温室に行った瞬間、本格的に悪寒が走った。

「……風邪、かしら」

ぽつりと呟けば「はぁっ⁉」と大きく声が響いた。声の主はロニーだった。

「ロニー、どうしたのよ」

「だってお嬢様、今、風邪って」

「ええ。何だか調子がおかしいの。少し休もうかしら」

しかし、急激に顔色を青くするロニーにコーデリアも首を傾げた。

「大丈夫？　ロニー。私以上に体調が悪いんじゃ……」

「いや……じゃなくて、すぐ休んでください、お嬢様はまだ子供だから……って、お嬢様⁉」

ロニーの声が騒がしくてしょうがないのに、遠くなる気がする。そう思っている間に、徐々にコーデリアの視界は黒く塗りつぶされてしまった。


「……お目覚めですか？」

「エミーナ……？　ここ……私の部屋よね？」

「はい。お嬢様はお風邪を召されています」

そう言いながら、エミーナはサイドテーブルに水差しを置いた。恐らく薬も一緒だろう。

しかしただの風邪。風邪を引いたかもしれないと気付いた瞬間に倒れる程、自己管理ができていないつもりはなかった。

「……ただの風邪、よね？」

「はい。ですが、お嬢様はまだ大人ではございませんから」

「それ、倒れる前にロニーにも言われた気がするわ」

そんなに子供扱いしなくてもいいだろう。

そう思っていたが、エミーナにもその考えが見てとれたのだろう。

「お嬢様はとても多くの魔力をお持ちです。ですから、病が重くなりやすいのです。まずはお薬をお飲みくださいませ」

エミーナの言葉を聞きながら、そういえばそういう話もあったなと思い出した。

三歳で大病《たいびょう》に罹《かか》って以来、病とは無縁の生活を送っていたが、魔力が高いということはただの風邪でもこういうことになるらしい。魔力が高くても良いことばかりではないんだなと改めて思いながら、コーデリアはエミーナの助けを借りて薬を口にした。

薬からは、何ともしょっぱい味が広がった。端的に言えばまずかった。

「いずれ体がしっかりと出来上がれば、お風邪を召されることもなくなるでしょう。それにお嬢様は一度大きな病を克服されています。ですから、今回も安静にしていればすぐよくなられますよ」

「本当?」

「ええ、お医者様がそう仰っていましたから。ただ、もう一度診察がありますので」

どうやら既に医者にもかかっているらしい。ならば余計な心配をすることもないだろう。ただ、体のだるさは温室にいるときよりも酷くなっている気がする。

「三日くらいで治るのかしら?」

むしろそうでなければ嫌だなと思いながらコーデリアは口にしたのだが、エミーナはその言葉に目を見開いた。

「エミーナ?」

「いえ……お嬢様、恐らく十日はかかるとお医者様は仰っていました」

「え。十日も!?」

思わず声を大きくすると、それがコーデリア自身の頭に跳《は》ね返ってくる。その痛みに頭をおさえると「もうしばらくお休みくださいませ」とエミーナに言われてしまった。

コーデリアはそれに大人しく従った。ガンガンと鐘を打つような痛みが襲ってきて、それ以外は何もできなかった。

「けど……十日、か」

長い、時間がもったいないなと思った。

けれど、それ以上考える余裕などなく、すぐにうなされながらも眠りについた。二度と風邪など引いてたまるか――コーデリアはそう誓わざるを得なかった。

それから三日間は、本当に全く何もできず、むしろ状況は悪化した。しかし更にそこから二日ほど経つと、少し起き上がるくらいならできるようにもなった。

コーデリアが休んでいる間に、部屋の中にはものが増えていた。花と花瓶、それから抱きかかえられる程の大きいぬいぐるみが仲間入りしている。

その巨大なぬいぐるみは、エルヴィスとイシュマがそれぞれ買ってきてくれたものだった。コーデリアの意識は半分が飛びかけていたのでしっかり目に焼き付けることができなかったが、非常に渋く格好の良い男性と若く煌《きら》めく男性、その両方が大きなぬいぐるみを抱えている姿。なかなかの眼福《がんぷく》だった。ぼんやりとしか覚えていないのが残念でたまらない。

「お嬢様、お食事をお持ちしましたよ」

「ありがとう、エミーナ」

「それから、ヴェルノー様がお手紙をくださってますよ」

「ヴェルノー様から？　って、これは手紙というより箱よね？」

ヴェルノーという名前と、手紙。

あまりに似合わない組み合わせにコーデリアは眉を寄せた。失礼を承知で言えば「ヴェルノー様も手紙を書くことができたのか」とすら思ってしまった。

食事を終えた後、コーデリアはそれを開いた。すると中には一枚の便箋と封筒が一つ、それから小さな箱が入っていた。

コーデリアはまず便箋を手に取った。便箋に書かれているのはただの三文だけだった。

『風邪は大丈夫か？　ジルからの手紙、送っとく。菓子が食べたいから早く治してくれ』

ヴェルノーが手紙を書けるかどうかの判定は、どうやら先送りになってしまった。急いで書かねばならなかったわけでもないだろうに、メモ書きレベルとはどういうことなのだろう。しかしヴェルノーらしいといえばヴェルノーらしい。それにもしかしたら、このメモ書きも悩みぬいた末に書かれたもの……であるかもしれないとコーデリアは思った。そうでなければ、そもそもヴェルノーが筆をとるなんてありえないとも思えた。

しかしこのメモ書きから察するに、もう一つの封筒はジルからの手紙なのだろう。封筒は薄く、中に入っているのは一枚か二枚だとわかった。

『疲れてるなら、無理に読まないでね』

その言葉から始まる手紙はヴェルノーからの手紙とは違い、心配であることを示す言葉が書き連ねられていた。

『ゆっくり眠れてる？』

『風邪にいいものを贈ろうとしたら、ヴェルノーに止められたよ。パメラディアの家にないわけないからゴミになるだろって』

『本当はお見舞いに行きたいけど、建国祭前だし、どうしてもそれはダメだって』

綴《つづ》ってある言葉を読みつつ、コーデリアは止めてくれた人に深く感謝した。

ジルも魔力は相当高い。建国祭前でなくとも、こんな風邪をうつしてしまえば合わせる顔もないというものだ。

（お見舞いに来たいと思ってくださるお心だけで充分ですよ、ジル様）

ジルがお世辞を言わないタイプであることは、コーデリアも理解している。あまり人前に姿を現すことを良しとしていないのに、来ようとしてくれた。それだけで充分だ。

『返事は本当にいらないから、ゆっくり休んでね。でも少し元気になりはじめたら暇になると思うから、ひとつ贈り物をさせてください。良かったら聞いてみて』

手紙の最後の部分を読んだコーデリアは、ジルからの贈り物だという小箱をもう一度見た。

聞いてみるって、何を？　そう思いながら中身を取り出した。

「オルゴールだわ」

片手に載るサイズの木箱には、薔薇の彫刻が施してあった。ねじを軽く回して箱を開けると、静かで優しい音が響いた。そして、箱の中には魔除《まよ》けの意味合いがある丸い水晶玉が一つ、これまた魔除けの文様《もんよう》が刺繍された朱《あか》い布に包まれて入っていた。その刺繍は丁寧に刺そうとしているのがわかるが、実際には目が少しずつずれており、不慣れな人が頑張ったと全身で主張していた。

（……まさか、ジル様が？）

どう考えても買ったものではないだろう。けれど、貴族の男性が針仕事をするなんて聞いたことはない。

（もし刺繍をしてくれたのが本当にジル様なら……とても心配してくださってるんだわ）

エルヴィスやイシュマは直接顔を合わせているので、どれほど心配してくれていたかわかる。妙に律儀《りちぎ》に「お休みになってるお嬢様の部屋に入るのは……」と躊躇いながらも、だいぶ心配しているらしいというロニーの話もエミーナから直接聞いている。

同じく魔力が高いが故に逆隔離されているといってもいいララも、風邪を引いた経験があるらしく、大丈夫なのかと落ち着きがないとエミーナが言っていた。

けれど、ジルに関しては心配されているのは手紙でわかるものの、その様子までは正直なところコーデリアはつかみきれてはいなかった。まだヴェルノーの反応のほうが想像できるくらいだ。

自然と笑みをこぼしながら、コーデリアはサイドテーブルのベルを手に取った。チリンチリンと小さく音が鳴り、エミーナがすぐに現れる。

「エミーナ、お願いがあるの。便箋とペンを用意してくれないかしら？」

「お嬢様、平気ですか？」

「ええ、ここで書くから大丈夫よ」

もし文字が揺れてしまったら余計に不安を与えてしまう。だから本当に心配をかけそうな文字しか書けないのであれば、やめようと思っている。

(でも、書けるなら書かないと。返事はいらないって言ってくださってるけど、ジル様には安心していただかないと)

もちろんジルだけではなくヴェルノーもだが、顔が見せられず話もろくに伝えられない状況では心配を長引かせてしまうだけかもしれないので、大丈夫だと伝えたかった。

「……でも、あまり長い文章を書くと怒られてしまうかもしれないわね」

簡潔に書くこと。これが一番大事なことだが、さて、どうやって短い文に精一杯のお礼を込めるかコーデリアは頭を悩ませた。

風邪を引いてから八日目。

まだ部屋を出て歩き回るほどの元気はないものの、コーデリアは一人で起き上がりソファーまで歩く程度まで回復していた。五日目に書いた手紙は六日目にジルやヴェルノーのもとに届けられ、翌日には二人からそれぞれ『寝ていなければいけない、安静にしていろ』という手紙が届いた。大丈夫だと言っているのに、どうやら二人とも心配が過ぎるようだ。だがそこまで念押しされては手紙を書くことも憚られる。

「お返事は本当に元気になってからにしないと、か」

どこまで元気になればそう宣言してもいいのか、判断が付きかねる。もちろん医者がいいと言えばいいのだろうが……そう思いながらコーデリアはベッドからそっと抜け出した。

まだ長時間起き上がるのは少し疲れが出てしまうが、これほど長く寝れば身体にも痛みが出る。多少動くことは許容してもらいたいと思いながら、ソファーに移動した。

（きっと起き上がっているのがばれたら、お父様やお兄様に怒られるでしょうけど）

しかし、ソファーに座っているだけというのも暇なものだ。

コーデリアは周囲を見回すと、テーブル脇にあるソーイングボックスが目に入った。コーデリアは迷わず箱を引き寄せ蓋《ふた》を開け、そこに納められていた糸をいくつか無造作に手に取った。

（何か、いい図案はないかしら。できればお守りのようなものがいいんだけど……）

風邪のせいで滞《とどこお》ってしまったが、もともとジルにはきちんとした刺繍を贈ろうと思っていたのだ。だから心配をかけたお詫《わ》びも兼ねて、何かぴったりなものを刺せたらいいと思ってしまう。

（ヴェルノー様には笑われるかもしれないけれど……ジル様は以前のちょっと不出来なものでも喜んでくださったし、きっと何でも喜んでくださるとは思うのよね）

お詫びを兼ねるなら、ジルだけに渡すというわけにもいかないだろう。ヴェルノーだって心配してくれているのだ。二人のうち一人だけに渡すということは、コーデリアにはちょっとできない。

「いいえ……そもそもお二人だけじゃ足りないわ。そうよ、お父様やお兄様にももちろんお渡ししないと。ああ、でもそれだとエミーナやロニー、それからララも……」

そう考え始めると、一体いくつの作品が必要になるのかと考え、コーデリアの顔は引き攣った。

そんなにたくさん制作できるほど、刺繍が得意ではない自覚はある。

「ロ、ロニーはきっと食べ物の方が良いわ。そうね、きっとそう。もちろんヴェルノー様もそうだけど、ジル様のことを考えるとヴェルノー様は外せないし……。でもそうなるとやっぱりロニーも同じほうがいいかしら……？」

もちろんコーデリアの疑問に回答する人はこの場にいない。コーデリアは自問自答し、そして長いため息をついた。

「最低七枚。頑張って、図案と色と、しっかり考えましょうか」

しかし七枚も作成するなら、次に送るだろう『元気になった』という手紙に同封することはできないと思う。

（先にジル様たちの分だけ作るっていう方法もあるけど、それもなんだか、ね）

少なくとも、ヴェルノーには使用人の誰かが見ている状況下で渡すことになるだろうから、先に渡せばネタバレになってしまうという懸念もある。そもそも、優先させるということは特別扱いしているようで気恥ずかしい。

「そ、そうよ。それにほら、元気になって街を歩けるようになったら、手芸店にも行けるわ。私はヘーゼル様みたいに糸を持ってないのだから、自分で見に行くのも悪くないわ。それに、どうせならジル様のお好みをヴェルノー様から探るのもいいし……ああ、もちろんヴェルノー様の好みも聞くつもりだけど……」

徐々に早くなる口調でコーデリアは呟き、最後に咽せた。ごほごほと咳き込むと、エミーナがすぐに部屋に入ってきた。

「お嬢様、まだ安静になさっていなくてはいけませんよ」

「ご、ごめんなさい、エミーナ」

まだ止まらない咳の合間にコーデリアは謝罪を入れつつ、エミーナの誘導に従ってベッドに戻った。そして戻ったところで、握りっぱなしだった刺繍糸をエミーナが手に取った。

「これは片付けさせていただきますね」

「あ、ありがとう……」

本当はもう少し眺めて色々と考えてみたかったが、咳き込む人間が起き上がる原因など側に置いておくことはできないだろう。それがわかっているだけに、コーデリアも文句は言えなかった。

「お嬢様、病というものは治りかけの時期が一番大事ですよ」

「ええ、わかってはいるつもりなのだけど」

それでも眠りすぎて眠気もなくなった今、少しは起き上がりたいというものだ。元気になったという手紙だって本当は書きたい。実際ほとんど元気なのだから。

けれどコーデリアの考えとは対照的に、エミーナはとても冷静な表情だった。

「ぶり返せば、今度は皆もっと心配してしまいますよ」

「……そうね、ごめんなさい」

至極真っ当なエミーナの主張に、コーデリアは素直に謝罪した。

「もしどうしても刺繍をなさりたいとのことでしたら、お元気になられた折に私もお教えいたしますから」

その申し出はとてもうれしいが、エミーナにも渡すつもりなので微妙なことになるかもしれない……などと思っている間に、コーデリアの眠気は不思議と強まった。

（やっぱり、この家の皆は私に甘いかも）

そんなことを思いながら、コーデリアは夢の世界へと誘《いざな》われた。

エピローグ　王子の望む力

「なあジル。今日のお前、本当に……不気味なくらい機嫌がいいな」

唐突にそんなことを言ったヴェルノーに、私は思わず首を傾げた。

「不気味とは失礼だな。それに、そんなに私が浮かれているように見えるのか？」

「ああ。自覚ができないっていうならちょっと抑える訓練をした方が良い。未来の王が心情垂れ流しとか絶対碌なことがない。今すぐ改めろ」

そう強く言うヴェルノーは私を見て、わざとらしいため息をついた。確かに私は機嫌がいいが、人に指摘されるほど主張しているつもりはなかった。

だから少し心外だった。特に不気味という点に関しては。

「心配せずとも、ヴェルノーも今まで私がきちんとしてきたことは知ってるだろう？」

「今までは、な。今のお前を見ていたらいつ化けの皮が剥《は》がれるか心配だ」

「化けの皮とは失礼だな。けど、今に限っては仕方ないだろう？　だってここにはヴェルノーしかいないんだから」

わざわざ気を張る必要がない時まで緊張を維持するのは疲れるのだ。それにヴェルノーが言うことは私にだけ当てはまることではない。ヴェルノーだって〝シルヴェスター〟ではなく〝ジル〟に話しかけており、完全にプライベートモードだ。おあいこだろう。

「まあ、ほどほどにな」

私の視線を受けたヴェルノーはそう言って肩をすくめた。どうやら彼自身もそのことは理解しているらしい。

今更だが、私の機嫌がいい理由は四年越しにディリィとやっと会えたからだ。それも直近で二回。喜ばずにはいられない。

手紙のやりとりは途切れることなく続いているが、彼女がどう変わったのか目にする機会など一度もなかったのだから。これでしばらくはヴェルノーを羨ましがらずに……済むと良いなと思っている。偶然だとは思うけど、私の目の色と同じ金糸《きんし》で縫われた獅子の刺繍も、ヴェルノーは持ってないだろうから。ヴェルノーに言えば、きっと「別に羨ましくない」と言われるだろうけど。

そして今、私は〝ジル〟としてディリィに宛てた手紙を認《したた》めていた。前に送った手紙より色々なことが書ける気がしていた。

「……お前、本当に低燃費だよな」

ヴェルノーの声は呆れとも感心とも判断がつかぬ声色だった。ただしヴェルノーであることを考えれば、良い意味でないことはわかる。

……浮かれすぎだということには納得していたのに、次はなんだろう。そもそもなぜ燃料の話が出てくるのかわからない。そんな私の視線を受けたヴェルノーは、にやりと嫌な笑みを浮かべた。

「会えたって言っても結局ディリィにはジルが〝シルヴェスター〟であることは言えず、〝シルヴェスター〟としてディリィに話しかけたらさっさと逃げられる。ヘイル邸でも話したのは〟ジル〟として、だ。それでも浮かれてられるんだから燃費がいいよなって」

「……」

未だ避けられてる原因もわからないしな、と言うヴェルノーを見て、私は思った。

ヴェルノーは花畑を雪原《せつげん》に変える力をもっているに違いない。

「……悪かった。睨むな」

「睨んでない」

「けど、わざわざジルがディリィに会えるチャンスを作ったんだぞ？」

「それについては感謝してるよ」

ヴェルノーの手助けがなければ、ディリィに会うどころか手紙をやりとりすることもできない。

（……避けられてるのは四年経っても相変わらず、か）

正直に言えば、ディリィが〟シルヴェスター〟を避けている理由を知りたい。知りさえすれば、その懸念を払拭できるかもしれないからだ。

「そういえば、最近ディリィん家《ち》の魔術師にきいたんだけど」

「うん？」

「ディリィ、騎士が好みって昔言ってただろ。あれ、どうもパメラディア伯爵が基準らしいぞ」

てっきり私の考えを見透かして何か助言をくれるのかと思ったら、ヴェルノーは予想外のことを口にした。

「は？」

「いや、いつもの魔術師が『お嬢様って昔、旦那様に向かって〝お父様と結婚するんです！〟って言ったことあるんですよ』って教えてくれた」

「……どうしてそんな話になったんだ？」

「いや、別にディリィの好みを聞こうとしたわけじゃなかったんだけどな。なんか流れでそんな話になったんだ」

度々ヴェルノーの口からは〝面白くて変な魔術師〟の話が出てくる。恐らく今回もその魔術師なんだろう。初めてディリィと会った時に一瞬顔を出した魔術師とのことだが、直接の接点はそれしかないのであまりよく知らない。だがヴェルノーの様子から、その魔術師がディリィのことをよく理解しているのは何となく伝わる。

「ジル？」

「いや、意外だなって思って。ディリィもそんなこと言うのかって」

「まあ、柄じゃなさそうだよな」

「そんなことは言ってない。可愛いじゃないか。ただ、ディリィは大人びてると思ってたから、少し驚いた」

いつ、どんなタイミングで言ったんだろう。しかしそうは思うものの、そんなことより私はその言葉の重大さに少し戸惑った。

「伯爵、か……」

ディリィが騎士に憧れているらしいとは知っていた。私は騎士にはなれないが、少しでもそれに近づけるよう努めてきたつもりだった。

だが、まさかディリィの言う騎士が伯爵であるなんて想像もしていなかった。

「……」

彼女の考える騎士の基準かもしれないパメラディア伯爵。城内では見かけることもあるが、深く話をしたことはない。ただ、過去の功績や色々な噂も聞いている。

(伯爵を知れば、ディリィの考えてることが少しわかるかもしれない)

だが、いかにして接点を作るのか。大人であればもう少し楽に作れるのにな、と自分が子供であることを恨めしく思わずにはいられなかった。


私はどうも運がよかったらしい。どうしようもないかと思われた状況も、決して八方ふさがりではなかった。

「シルヴェスター。もうすぐ誕生日だな」

「はい、父上」

それは、偶然にも回廊で父上とすれ違ったときのことだった。

父上は最近特に忙しいらしく、私とあまり会話をすることはなかった。しかしそれでも誕生日を覚えていてもらえたことは素直に嬉しい。

「何か欲しい物はないか？　遠慮せずに言うといい」

父上は毎年私の誕生日にそう言ってくださる。けれど、私はいままでそのありがたい言葉に返してきたのはたった一つだけ。

『父上がくださるものでしたら、何でも嬉しく思います』だ。

もちろん物欲がないわけではないが、普段から物には満たされている。新しい物が欲しくなる時もあるけど、それは与えられた金銭の中から新調すれば事足りるので、特に何も思いつかなかったのだ。

だから私は今年も同じ回答をしようとし……ふと気が付いた。

「……」

言ってもいいのか、少し悩んだ。

だが父上は、私のその変化に気付いていらっしゃった。

「どうした、シルヴェスター」

「いえ……その」

「お前が口ごもるなど珍しいな。何かあるなら言ってみるといい。言わねば私も答えることができないからな」

「……父上。それは物ではなくてもよろしいでしょうか？」

父上の言葉を受け、私はややためらいながら尋ねた。

「何か面白いことを言うつもりなのか？」

「私は……パメラディア伯爵と手合わせをしてみたいと思っています」

「エルヴィスと、か？」

これは想像以上の要求だな、と父上は目を見張られた。

「確かにエルヴィスの剣の腕は比類ない。だが、お前には師がいるだろう？」

「もちろん先生のことは尊敬致しております。そして、伯爵に教えを請《こ》いたいわけでもないのです。ただ、剣を交えていただきたいのです」

「なぜ、そのようなことを望む」

「話に聞く伯爵の力を、自身で感じてみたいのです」

もちろん手合わせなど願わずとも、伯爵と直接話をするという選択肢もある。

けれど伯爵がディリィの理想の騎士ならば、剣を振るう姿を間近で感じたいと思ったのだ。彼は騎士を引退した今も国一番の剣の使い手と言われているのだから、それを見るのが一番早いのではないかと思ったのだ。馬鹿な考えかもしれないけれど、ディリィのことがなくても伯爵は気になる人物だ。そう思い私は真剣に父上を見た。

父上は私の言葉に目を丸くし、そして大きく笑った。

「ははっ、お前などが相手になるわけがないだろう。だが、面白い。木《こ》っ端《ぱ》微塵《みじん》に砕かれ、己の未熟さを刻まれてくるがよい。伯爵には伝えておこう、遠慮はいらぬ、とな。だが自身の誕生祝いに怪我をもらってこぬようにな」

豪快に笑う父上に、私は「そこまで言わなくとも」と思った。無論勝てるなど露《つゆ》ほどにも思っていないが、健闘を祈ることくらいはしてくれても罰《ばち》は当たらないはずだ。

——なんていうことは、早速翌日にパメラディア伯爵を連れてきてくださった父上のお気遣いにより、すぐさま間違いだと気付かざるを得なかった。

父上は伯爵に「遠慮なくなぎ倒してくれて構わない」と大袈裟な身振りを交えて言い、伯爵はその言葉に従った。その結果、私は文字通り手も足も出ないまま、その日は伯爵の腕を動かす以外のことは何もできなかった。一歩たりとも最初の場所から動かなかった伯爵は「ご苦労だったな、エルヴィス。また頼むぞ」と言った父上に一礼すると静かにその場から去って行った。私の息は完全に上がっていた。

手合わせの間、伯爵は一度も踏み込んでくることはなかった。ただ私の剣を受けて流すだけ。それも私の力を利用しているようで、時には受け流され、時にはそのままはじき返されている状況を嫌でも理解させられた。

伯爵が何を考えているかなんてわからなかったが、とんでもない技量を誇っていることだけはわかった。

「シルヴェスター。エルヴィスの力はわかったか？」

「父上……これからも伯爵と剣を交えたいと願うことは、許されるでしょうか」

楽し気に言う父上に向かって私は願いを伝えた。父上は虚を衝《つ》かれたという表情をなさったけれど、次の瞬間には豪快に笑っていた。


そして、私が初めてパメラディア伯爵に手合わせを願い出た四日後の夕刻。

「立てますか、殿下」

伯爵は稽古用の剣を持ち、ただ無表情で私を見下ろしていた。

声から心配の色など一切滲んでいない。ただ継続するかどうかを聞いているだけだ。

「まだ平気だ、だから……」

そう言いながら私は立ち上がりかけたが、途中で足がもつれて尻もちをついてしまった。

伯爵は無言で剣を鞘《さや》に納めた。

「今日はもう終わりとしましょう。これ以上は怪我をなさるだけです」

「……」

「お部屋までお送りいたしましょうか」

「……いや、いい。少し休んでから戻る」

「それでは失礼いたします」

そう言いながら伯爵は去っていく。今日も伯爵は一歩たりとも足を動かしたりはしなかった。もちろん数日で私の腕が劇的に上がったなどと思っていなかったので、不思議なことでは決してない。

しかし、とても悔かった。今まで、誰かにこんなに圧倒的な差を見せつけられた経験はなかったかもしれない。

私はそこまで考えてハッとした。

「伯爵！　……今日もありがとう」

大事なことを言い忘れていた。

私の声に振り向いた伯爵は「陛下のご指示ですので、お気になさらず」と言うなり再び歩き始めてしまった。その姿に何となく、先日〝シルヴェスター〟として話をしたときのコーデリアが重なった。どうも私はパメラディア家の皆には逃げられやすい……のかもしれない。

「……まだ大丈夫、って、もう一度言いたかったな」

怪我をするだけ。

そう伯爵に言われて言い返すことができなかった。もっと強ければ……そう思うのに、全く体がついてこない。

一度目の伯爵との手合わせの後、剣の師には『体ができてくれば自然とできることも増えるでしょう』と言われた。それは間違いではないと思う。けれど、今の自分にももう少しできることがあったのではないか、そう思うと悔しい。

私はゆっくりと立ち上がり、けれどまだ部屋に戻る気にはなれず花壇の縁に腰を下ろした。そしてしばらく風を受けていた。

それからどれほど時間が経ったのかはわからないが、空の色が少し変わり始めたころだった。

「殿下？　こんなところにお一人でどうなさいましたか？」

声をかけられたことに驚いたが、片手に荷物を抱えているその人物が伯爵の子息であることにさらに驚かされた。

「……イシュマか」

イシュマ・イシュメル・パメラディア。

伯爵とは違い優しく人の良さそうな笑みを浮かべる彼は、私が一人でいると時折話しかけてくれる。だがそれは、決して取り入ろうなどという類《たぐい》のものではない。

イシュマはなんとなく、保護者目線で話しかけてきてくれている気がする。彼の妹がディリィであることを考えれば、同い年の私を気にしてくれているのかもしれないとも思う。

私がそう考えている間にイシュマはゆっくりと膝を折り、座る私に視線を合わせた。

「伯爵に手合わせをしてもらったあとなんだ」

「伯爵……？　まさか、父でしょうか？」

「ああ、その通りだ」

どうやらイシュマは、私が伯爵に手合わせを願い出たことは知らなかったらしい。よくよく考えれば、伯爵もそんなことをいちいち他人に言うタイプではなさそうだ。

私の言葉を聞いたイシュマは目を丸くし、それから苦笑していた。

「強いでしょう、父は」

「ああ。伯爵は反撃しかしていないはずなのに、それでも私の疎《おろそ》かなところを突いてくる……この前よりは上手くできるかもしれないと思っていたが、全然そんなことはなかったよ」

「そうですか」

「……なぜ笑ってるんだ？」

もともとイシュマは常に笑みを浮かべているタイプだが、今の笑みはきっとそれではない。

そう私が思っていると、イシュマは口元を押さえたまま「失礼しました」と笑いをこらえようとしていた。

「私も幼い頃は殿下と同じ思いをしましたので、そのお気持ちはよくわかります」

「そうなのか？」

「ええ」

イシュマの答えは意外だった。もちろんイシュマにも幼い頃があるだろうとは想像できるが、イシュマは騎士団の中でも特に秀《ひい》でた武を修めた人物だ。今の私と同じように手も足も出ないという状況が想像できない。

「疑ってらっしゃいますね？」

「いや、そんなことはないが……」

「私が幼い頃ですから、父も今より若く力もございました。そして今ほど性格も丸くありませんでしたから、本当に稽古の日は気が重かったですよ」

「イシュマでもそういうことがあったのか？」

「ええ、もちろん」

「……イシュマ。私も強くなれると思うか？」

彼も幼い頃に同じ思いをしたというのなら、私もいつかはあの剣と対等に渡り合うような力を得ることができるのだろうか。そう思いながらイシュマの目を真っ直ぐ見つめた。

できるという答えが欲しかった。

その経験をした者からの強い言葉が欲しかった。

けれど、イシュマが口にした言葉は違った。

「殿下が、何をもってご自身を〝強い〟と定義なさるか、お決めになれば可能かと」

「……」

「殿下は、強い〝武〟の力をお望みですか？」

その問いを投げかけられた私はすぐに答えることができず、一瞬怯《ひる》んでしまった。

そんな私にイシュマは微笑んだ。

「お迷いください、殿下。そして、強いご自分を実現させてください」

そう言ったイシュマに、私は反射的に頷いた。そして感じた。

ああ、これがディリィの周囲にいる大人たちなのか、と。

……どうやらまだまだ敵《かな》いそうにないな。

そう思いながら私はもう一度、今度は自身の意思で力強く頷いた。

「殿下、そろそろ外は暗くなります。お部屋までお送りいたしましょう」

「ああ。だが、イシュマは何か用事の途中だったんだろう？」

荷物を持っているのだから、まだ用事の最中なのだろう。部屋にもどるくらい別に一人でも構わない。そう思っていたが、私の視線の先の荷物を一度見たイシュマは「いいえ」と短く否定した。

「これは妹から送られてきた荷物なのです」

「荷物？　コーデリア嬢からか？」

「ええ。殿下は妹をご存じでいらっしゃるのですね」

「ああ。フラントヘイム家で会ったよ。話もヴェルノーからよく聞いている」

反射的に「ディリィから？」と尋ねそうになった言葉は必死で呑み込んだ。

シルヴェスターがコーデリアを知っていても不思議ではないが、彼女をディリィと親しく呼ぶ理由はない。

もしもそう言えたら、もっとディリィの話を聞くことだってできるだろう。そう思うと惜しいことだが、絶対に言えない。

「これは妹から受け取った湿布の材料なのです。水に混ぜ、布に含ませて使います」

「湿布、か」

「お譲りはいたしませんよ？」

少し茶目っ気を含めたような言い方だが、多分イシュマは彼が想像しているよりずっと私がその言葉に落胆してることは知らないだろう。勝手な言い分であることは理解しているが、少しばかり彼を妬《ねた》ましく思ってしまうのも今だけは許してほしい。

私はゆっくりと立ち上がり、イシュマと共に自室へ戻る。

「そろそろ建国祭の時期ですね」

「そうだな」

飾り付けのための布を運ぶ者たちを見てそう言うイシュマに返事をしながら、今年もいよいよ祭りが始まるのかと改めて思う。

国一番の大きな祭り。

そして話のついでにと、私はイシュマに一つだけ尋ねてみた。

「コーデリア嬢も城には来るのか？」

王城も一部は一般に向け開放するため、普段は来ることができない者もやってくる。もっともディリィの場合は誘っても来ないだけだけど……いや、伯爵に断られているというだけでディリィに断られているとは限らないのだけれど、建国祭となれば話は別になるかもしれない。

しかし少し首を傾げたイシュマは、実にあっさりとしていた。

「いえ、来ないでしょう。父も兄も私も、連れてきてやる時間はありませんし」

「そうか」

変に怪しまれないよう、それ以上は私も尋ねなかった。もちろん落胆はしていたが。

「今年も良い祭りになればいいですね」

「そうだな」

皆が楽しめる良い祭りになればいい。

それは私も願うところだ。ディリィには会えないかもしれないが、しっかり務めを果たし、建国祭が終わった後で再び〝ジル〟として会いに行こう。

きっと自身の背負う務めが果たせないような者では、ディリィを振り向かせることなんてできはしないのだから。

ドロップ!! 2

～香りの令嬢物語～

＊本作は「小説家になろう」（http://syosetu.com/）に掲載されていた作品を、大幅に加筆修正したものとなります。
＊この作品はフィクションです。実在の人物・団体・事件・地名・名称等とは一切関係ありません。

2017年1月20日　第一刷発行

著者 …… 紫水ゆきこ

イラスト …… 村上ゆいち
発行者 …… 辻 政英
発行所 …… 株式会社フロンティアワークス
〒170-0013　東京都豊島区東池袋3-22-17
東池袋セントラルプレイス5F
営業　TEL 03-5957-1030　FAX 03-5957-1533
アリアンローズ編集部公式サイト　http://www.arianrose.jp
編集 …… 平山雅史
キャラクター原案 …… 泉渼てーぬ
フォーマットデザイン …… ウエダデザイン室
装丁デザイン …… ビィピィ
印刷所 …… シナノ書籍印刷株式会社